술 잔 에 빠 진 달 에 게

술잔에 빠진 달에게

1판 1쇄 발행 | 2023년 11월 3일

지은이 | 김장호
발행인 | 이선우
펴낸곳 | 도서출판 선우미디어
　　　　등록 | 1997. 8. 7 제305-2014-000020
　　　　02643 서울시 동대문구 장한로12길 40, 101동 203호
　　　　☎ 2272-3351, 3352 팩스: 2272-5540
　　　　sunwoome@hanmail.net
　　　　Printed in Korea ⓒ 2023. 김장호

값 15,000원

ISBN 978-89-5658-740-0 03810

김장호 수필집

술잔에 빠진 달에게

선우미디어 sunwoomedia

| 작가의 말 |

형편없는 글 솜씨로 책을 내려고 하니 마땅히 숨을 곳이 없습니다. 개나 소나 책을 낸다고 볼멘소리나 듣지 않을까 많이 부끄럽고 염려도 되지만 책으로 엮어보고 싶다는 알량한 욕심에 무식한 용기를 내고 있습니다.

살아가는 것이 어쩌면 '살아내는 것이다'라는 절규 같은 마음과 살을 깎는 비바람에 맞서 살아온 노을 진 세월의 강변에서 건너온 시간을 정리하고 싶었습니다.

꽃눈과 눈보라의 틈새에는 입술 베어 문 아픈 순간도 가끔 호방한 웃음도, 모두 씁쓸한 후회로 남았으나 '그래, 그래도 살만했어'라고 위로하며 애써 나를 보듬는 시간, 뒤돌아보면 그래도 그때가 그립고 행복했다는 생각이 듭니다. 아무쪼록, 거칠고 튀어나온 돌부리같이 다듬어지지 않은 글이지만 강바람에 어물쩍 쓰러져 주는 갈대처럼 너그러운 마음으로 봐주신다면 더없이 고맙겠습니다.

끝으로 아무 조건 없이 서평을 해주신 '이재인' 전 경기대학교 교수님께 진심으로 감사드리며, 못난 글을 책으로 엮느라 고생하신 선우미디어 '이선우' 대표와 지금도 철원에서 문학반 지도에 열심이실 '정춘근' 선생님께 감사의 마음을 전합니다.

김 장 호

차례

2부 갈잎의 노래

3부 꽃 피던 시절

1

구름은 흘러가도

입에는 광주 송정리 가는 열차표를 물고
한 손에는 책가방을 들었으며 다른 손에는 옷 가방을 들었다.
표를 입에 문 채 검표를 받고 전라선 완행열차에 몸을 실었다.
거칠 것 없는 부초 같은 삶
나는 다시 전남 화순을 향해 가고 있었다.
달리 피할 수도 돌아갈 방법도 없었다.
차창 밖에서는 정 많은 큰형수가
금방이라도 울 것 같은 눈으로 바라보고 있었다.
연신 잘 가라며 손짓을 하면서 눈물이 떨어지는 게 보였다.
큰형은 멀찌감치 서서
담배에서 담배로 불을 붙이고 있었다.
-본문 중에서

구름은 흘러가도

시간이 흐를수록 엄마 냄새가 보고 싶었다.

시동생이라니 혹이었을 것이다. 매사 곱게 보였을 리 만무고 뭐든 눈에 거슬리고 고까웠을 것이다. 자전거를 타고 다니면 공부 안 하고 놀기만 한다고 툴툴거렸다. 1등을 하면 그래서 뭐 할 거냐고 시비였다. 혹여 새 운동화라도 신고 나오면 금세 담을 넘어 따라 나오던 볼멘소리엔 가시가 담뿍 돋아 있었다. 생활이 힘드니 내 체온으로 겨울을 나는 건 일상이었다. 손이 곱아 글씨도 잘 안 써지는 그 방에서 누군가를 수없이 노트에 써보기도 했다. 그러다 잠이 들면 꿈에라도 보일까, 기대는 매번 허사였다.

서울로 가야겠다고 보내 달라고 졸랐다. 그때는 몰랐다. 나는 어느 쪽으로 가도 반겨 줄 사람이 없다는 사실을 모르고 있었다. 이리 가나 저리 가나 별반 차이가 없다는 것을 알았을 땐 2년 만에 전학을 일곱 번이나 다닌 뒤였다. 그 혹 덩이는 5학년 1학기를 마치고 진안에서 전주로, 전주에서 화순으로 그리고 화순에서 서울로 갔다.

서울에 살던 큰형은 그때까지 조카들이 없었으니 조금은 나을까 싶었다. 그래서 서대문에 있는 홍제초등학교로 부랴부랴 전학을 갔다. 하지만 서울살이는 녹록지 않았다. 단칸방에 겨우 하루를 사는 서울의 서민은 시골보다 더 힘겨워 보였다. 겉은 번지르르했지만 들여다보면 전쟁 통 같았다.

홍은동 산꼭대기의 서울은 그렇게 멋지다는 생각이 전혀 들지 않았다. 피할 수 없이 시작한 서울의 학창 시절은 더 힘이 들었다. 형은 집에 안 들어오는 날이 많았다. 청계천에서 다방을 운영했지만 배운 것 없는 흙수저의 삶은 거기서 거기였다. 혼자 애쓰는 형수가 참 안쓰러웠다. 나는 그런대로 시골에서는 공부를 곧잘 했지만, 서울에 와서 보니 중간을 쫓아가기가 바빴다. 시골과 도시의 차이를 실감했다. 우선 배우는 책부터 완전히 달랐다. 그야말로 어찌어찌해서 중상 정도의 성적으로 홍제초등학교를 겨우 졸업했다.

우리 학년부터 중학교 진학은 추첨이었다. 맨 처음 시행된 속된 말로 '뺑뺑이'가 학교를 정해 주었다. 무시험으로 중학교에 갔다는 말이다. 나는 담만 넘으면 비원인 서울 중앙중학교로 배정이 되었다. 그때만 해도 중앙중학교는 명문이라 시험을 치렀다면 아마 붙기 힘들었을 그런 학교였다. 친구들은 좋은 학교에 배정이 되었다고 부러워했지만 난 친구들이 부러워하는 만큼 기쁘지 않았다. 바쁘게 돌아가는 서울생활에 점점 싫증을 느끼고 있었기 때문이다. 지금 생각해도 서울과 나는 별로 친한 것 같지 않다. 지금도 일이 생겨 집에서 의정부만 넘어가면 자동차 매연과 미세먼지로 목구멍부터 슬슬 아파 오기 때문이다.

학교에 가려면 홍제동에서 49번 시내버스를 타고 비원 앞에 내려서 골목을 한참 걸어야 했다. 그런데 아침 등교 시간에는 버스에 사람이 얼마나 많은지 사람이 사람 같지 않았다. 짐짝도 그런 짐짝이 없었다. 새벽같이 나서나, 조금 늦게 나서나 언제나 초만원이었다. 콩나물 버스가 아니라 아주 바늘통 버스였다. 내려야 하는 비원 앞이 다가오면 두세 정거장 전에서부터 입구 쪽으로 다가가야 했다. 그런데도 사람이 어찌나 많은지 비집고 나가질 못해서 내릴 곳을 지나치는 것이 한두 번이 아니었다.

정작 문제는 그게 아니었다. 내려서 보면 교복 단추가 두세 개 떨어지고 없었다. 교복 목에 채우는 후크가 빠져 달아나는 게 일쑤였다. 책가방 끈이 하나뿐일 때도 부지기수로 많았다. 사람들 틈을 비집고 나오면서 떨어진 것이었다. 그런 날이면 영락없이 주변 선배들에게 걸려 운동장 쓰레기를 줍거나 화장실 청소를 해야 했다. 밤새 꿰매고 붙이고 수선해주는 형수도 힘들긴 마찬가지였을 것이다. 그런 시간이 반복될수록 학교 가는 게 점점 싫어졌다. 거의 매일 그랬으니 어지간히 짜증도 났고 하늘이 원망스럽기까지 했다. 그러다 결국 참지 못하고 한 학기를 다닌 후에 내가 내 전학증을 떼러 교무실 문을 두드렸다.

"내가 교직 생활 30년을 하면서 제 전학증을 제 손으로 떼 달라는 놈은 네가 첨이다. 인석아."

그때 교감 선생님이 하신 말씀이다.

입에는 광주 송정리 가는 열차표를 물고 한 손에는 책가방을 들었으며 다른 손에는 옷 가방을 들었다. 표를 입에 문 채 검표를 받고 전라선 완행열차에 몸을 실었다. 거칠 것 없는 부초 같은 삶, 나는 다시 전남 화순을 향해 가고 있었다. 달리 피할 수도 돌아갈 방법도 없었다. 차창 밖에서는 정 많은 큰형수가 금방이라도 울 것 같은 눈으로 바라보고 있었다. 연신 잘 가라고 하면서 눈물이 떨어지는 게 보였다.

큰형은 멀찌감치 서서 담배에서 담배로 불을 붙이고 있었다. 담배 연기가 많이 나오는 것이 숨을 깊게 들여 마신 것 같았다. 그 속도 편치만은 않았을 게 뻔하다. 나는 또다시 가시 같은 눈치 속으로, 그 어두운 터널 속으로 걸어가고 있었다.

"장호야 어쭈고 와 브렀다냐."

"야! 임마 잘 와 브러따. 아따 고거시 서울 물 묵더니 히게져 부럿네."

전학생이라고 들어선 나를 반 이상은 아는 놈들이었다. 화순 초등학교 다니다 서울로 가서 불과 일 년도 안 돼 다시 왔으니 그럴 수밖에 없었다. 친구들은 반가워했지만 난 무척 창피했다. 꼭 가출했다가 잡혀 온 기분이 들어서 그랬다. 전학 갔다가 그 자리로 다시 돌아오는 일이 좀체 드문 일이라 더 창피했다. 그렇지만 좋은 것도 있었다. 학교가 가까워 걸어서 가는 게 좋았다. 그리고 등굣길의 시원한 공기가 어찌나 상쾌한지 더없이 기분이 좋았다. 좋은 것은 거기까지였다. 그렇게 시작한 시골살이도 나에게만은 호락호락하지 않을 걸 이미 알고 있었다. 그 메마른 삼 년의 시간이 마치 삼십 년이 흘러가는 것 같았으니 말이다. 산새도 밤이면 집을 찾는데 난 마땅히 갈 곳이 없었다. 언제나, 어느 곳이나, 내 밥그릇은 항상 차가웠다는 기억뿐이다.

내 고향 남쪽

내가 태어난 동네 '금마곡'은 지매실로 불리기도 했었다.

지매실의 유래는 잘 모르겠고 임금님께 진상하던 말을 키우던 곳이라서 금마곡(金馬谷)이라 불렸다는 걸 어른들께 들어서 그런 줄 알고있을 뿐이다. 마을로 들어서는 어귀엔 백 년쯤 묵은 소나무와 아름드리 당산나무 한그루가 문설주처럼 길 양쪽을 지키고 있었다. 그 나무를 지나 좀 더 안으로 들어서면 마을은 꼭 말발굽 모양으로 입구만빼고 산이 빙 둘러 감싸고 있는 형상이었다. 옹기종기 모여 있는 오십여 가구, 초가집과 가끔 잡곡처럼 섞인 기와집이 산 밑으로 길게 자리잡고 오붓이 살던 뜰이었다. 마을 오른쪽 끝에는 조그만 방죽이 뜰을적시는 내 고향 진안 '금마곡'은 그렇게 소담하고 어여쁜 동네다.

뒤뜰에 야트막한 동산이었는데 봄에는 새끼 기르는 온갖 새들의 보금자리였다. 하루는 친구와 진달래꽃을 따 먹다가 방금 태어나 까만꺼병이를 보았다. 잡으려고 뛰어가 보았는데 순식간에 한 마리도 보이지가 않는 것이었다.

　땅으로 꺼졌나? 하늘로 솟았나? 한참을 찾다가 포기하고 그루터기에 주저앉아 소리 없이 쉬고 있었다. 그런데 곁에 있던 색 바랜 떡갈나무 잎사귀가 살금살금 움직이는 것이 아닌가. 슬며시 나뭇잎을 들어 보고 나는 자연의 위대함을 직접 눈으로 배웠다. 앙증맞은 꺼병이들이 모두 잎사귀를 입에 물고 발랑 뒤집어져 숨어 있었던 것이다. 그러니 아무리 찾아도 잎사귀 밑에 숨은 아기 꿩이 보이겠는가.

　처음 보는 광경이었다. 난 잡으려는 생각은 까맣게 잊어버리고 신기해서 쳐다보고 있었다. 한 마리 두 마리 낙엽 속에서 나와 숲으로 뛰어가는 걸 신기해서 물끄러미 바라만 보았었다. 언제나 그렇지만 자연은 사람이 이길 수도, 안다고 할 수도 없다. 평생을 배우며 살아야 하는 신비한 것임이 틀림없다.

　봄이 지나고 따가운 햇살의 여름이 되면 대봉감이나 넓적 감꽃이 떨어진다. 그리고 나면 초록빛이 감도는 풋감이 하루가 다르게 굵어졌다. 더위를 피해 방죽에서 멱 감을 때쯤에는 제법 애기 주먹만 하게 커져 있었다. 감이 제법 컸다고 해도 아직 익지 않아 파랗고 떫은 걸 따가지고 논바닥에 묻어두었다. 수삼일 지나 꺼내 먹으면 제법 달달한 것이 보리밥보다야 훨씬 맛이 좋았다. 그러다 그것도 시원찮으면 소쿠리에 가득 따다가 가마솥에 소금 뿌려 삶아 먹기도 했다. 지금 그걸 먹으라면 아마 하얀 눈동자만 보이는 눈으로 날 죽일 듯이 바라볼 것이 분명하다.

그때는 왜 그렇게 먹을 게 모자랐는지 모르지만 하루 종일 배가 고팠던 기억뿐이다. 겉보리는 한 번 삶아 놨다가 밥을 지어도 잘 씹히지 않았다. 보리밥에도 쌀이 듬성듬성 보였는데 쌀은 어머니 주먹으로 한 줌쯤 넣고 밥을 했었다. 그 쌀밥은 아버지 그릇에 퍼드리고 난 뒤 남은 걸 뒤적거려서 그중에 제법 하얀 쪽으로 나에게 주셨지만 난 밥을 굶기 일쑤였다. 아니 안 먹는다고 보리밥이라 안 먹는다고 고집을 피워서 우리 어머니 속을 많이도 썩였었다.

풍요로운 가을이 되면 허리 굽히고 서 있는 겸손한 벼를 베어 논둑에 세워 두었다. 까슬까슬 마르면 이집 저집 돌아가며 벼를 훑었는데 모두 돌아가며 품앗이를 했었다. 멍석을 깔고 머리빗 모양의 '홀태'를 줄 맞춰 가장자리에 펴놓았다. 그리고 나면 머슴이나 동네 총각들이 벼를 져다가 마당 가운데 부려놓았다. 그 나락을 동네 처녀들과 젊은 새댁들이 남폿불 켤 때까지 홀태에 훑었었다. 벼를 많이 훑어야 품삯을 더 받았기에 조금이라도 더 하려고 다투기도 했다. 하지만 일 끝나면 개울에 가서 서로 등 밀어주는 사이라 큰 싸움이 나는 걸 보지는 못했다.

가을 햇살이 푸욱 익어 가면 툇마루엔 곶감이 먹기 좋게 분칠하였다. 시렁엔 메주가 주렁주렁 열리던 내 고향 '지매실' 아니 금마곡엔 눈도 참 허벅지게 많이 왔었다. 눈 덮인 뜰, 친구 '미자'네 집 뒤뜰엔 곶감이 말랑말랑하게 세월을 칠하고 있었다.

그 가을 어느 밤에 겁도 없이 곶감 한 접을 들어다가 동네 사랑방에 가져다 놓고 동무들과 나눠 먹으려고 기다리고 있었다. 밤만 되면 모이던 녀석들이 그날따라 한 녀석도 오지를 않는 것이었다. 지루한 기다림에 한 개 두 개 야금야금 먹었다. 어쩔 거나 그게 글쎄 언제 그랬는지 모르게 반접이나 없어져 버렸다. 거기서 멈춰야 했다. 그게 맞는 거였다. 달콤함을 못 참고 먹다 보니 나머지까지 홀랑 다 먹어 버렸지 뭔가. 오호통재라, 무엇을 상상하시나요?

우리 어머니 날 보고 엎드리라고 하시더니 쇠젓가락 들고나오셨다. 무슨 일인지는 곶감 백 개 한 번에 혼자 잡숴 보시면 안다. 항문에 힘쓰는 게 얼마나 힘든 일인지 안다.

겨울이 제법 익어 대보름날이 되면 좋았다. 눈 덮인 골목으로 치마를 두르고 머리엔 수건을 질끈 동여맨 가짜 처녀가 나다녔다. 소쿠리를 겨드랑이에 착 끼고 '찰밥 좀 주세요.' 하며 오곡밥을 얻으러 다녔다. 대보름 전날 저녁 찰밥 짓는 연기가 초가지붕 처마 밑에 깔리면 좋았다. 고만고만한 동무들과 밥 얻으러 동네 한 바퀴 도는 겨울밤은 몹시 즐거웠다. 어른들은 골목에 쌓인 눈을 치워 친구네 집 앞 도랑에 모두 쌓아 놓았었다. 그러면 거기에 제법 크게 구멍을 파고 물을 뿌려가며 다져서 '이글루'처럼 만들었다. 그게 우리들 겨울 별장이었다. 거적으로 문을 해 달면 그리 춥지도 않고 아늑했다. 거기에 모여 앉아 얻어온 오곡밥을 동무들과 나눠 먹었었다. 금상첨화, 또래 계집애들이 들고 온 동치미나 김장 김치가 더해지면 그 순간에는 파란 기와집 어느 분도 부럽지 않았다.

비록 가진 건 많지 않았지만, 그때가 더 행복했었다. 지금은 모자라는 것 없이 모든 게 넘쳐나는데 왜 가슴은 항상 허전한지 모르겠다. 사는 게 모두 비슷비슷하게 가난했던 그때가 더 정다웠다. 먹을 게 고구마 한 소쿠리뿐이더라도 서로 나눠 먹으려고 애썼던 그 시간은 이제 없다.

그 아름답던 시간과 흑백 사진처럼 야위어 간 참꽃 따 먹던 내 고향 '금마곡'이다. 옛 기억은 나와 함께 살고 있다. 하지만 내가 뛰어놀던 그 자그만 뜰은 오늘도 쏟아지는 별빛과 내 이야기를 하고 있을지 궁금하다. 늙은 별과 아스라한 추억이 푸석푸석한 내 잠을 흔들어 대는 파란 새벽이다.

친구 등록

길바닥은 눈으로 덮였고 달빛 시린 밤이었다.

집에서부터 시작된 고무신 발자국을 하나하나 발걸음 폭만큼씩 짚어가며 골목을 가고 있는 건 나였다. 아버지 하늘 가시고 어머니와 둘이 살던 때, 자다 깨보면 어머니가 곁에 없을 때가 많았다. 나를 재워놓고 적적하면 혼자 살짝 마실 나가시는 거였다. 그래서 집에서 시작된 엄마 발자국을 따라가고 있는 것이다. 드디어 양철 대문으로 사라진 어머니의 고무신 자국, 난 살며시 귀를 기울인다.

찾았다. 어머니는 호롱불 켜진 사랑방에서 동네 아주머니들과 함께 웃고 계셨다. 어머니는 겨울 방학하면서 받아 온 내 상장을 들고나와 아주머니들한테 한참 자랑을 하고 계셨다. 내가 상장이나 상품을 타오면 동네방네 들고 다니며 자랑이 늘어졌고 어머니가 그토록 좋아하시니 공부를 더 열심히 했었다. 어머니는 항상 토요일 오후에 공부하는 사람이 되라고 하셨다. 누구든지 토요일 오후에는 쉬니까 남들 놀

때 공부를 해야 잘한다는 말씀이었다.

　육순이 넘어 나를 낳으신 아버지가 일흔둘을 일기로 돌아가신 후한 사 년쯤 어머니와 단둘이 살았다. 겨울이면 호롱불 아래 어머니 무릎을 베고 옛날이야기를 듣다가 잠이 들고는 했다. 주로 은혜 갚은 두꺼비나 까치 이야기였고 백일홍의 전설이나 이무기 이야기도 들려주셨다. 모든 이야기는 거의 비극이었지만 이야기를 들으면 잠이 솔솔 잘 왔었다. 좀 피곤한 날은 그렇게 잠이 들어 아침까지 푹 잤지만 그렇지 않고 자다가 중간에 깨면 어머니가 방안에 없는 날이 많았다.

　외로우셨을 것이다. 나를 재워 놓고 긴 겨울밤 마을을 나가 쓸쓸함을 달래셨을 것이다. 그런 날은 팔자에 없는 수사관이 되거나 탐정이 돼서 오밤중에 어머니 찾기를 했던 것이다.

　11살 되던 해 여름에는 어머니와 애써 거둬들인 보리를 방앗간이 바빠서 타작을 제때 못했다. 할 수 없이 친구네 집 추녀 밑에 쌓아두고 방아 찧을 차례를 기다려야 했다. 그런데 바싹 마른 보리를 여일곱 살짜리 꼬맹이들이 구워 먹는다고 성냥을 그어댔다. 그 바람에 보리는 물론이고 친구네 헛간을 몽땅 태우고 하마터면 재산 1호인 암소까지 죽일 뻔했었다. 헛간에 불이 붙으니까 이 겁많은 소가 무서워 나오지를 않는 것이었다. 어른들이 여럿 달려들어 겨우 끌어내어 살렸다.

　또 어른 짐으로 겨우 두 지게 정도 되는 메주콩을 어머니는 이고 난 지고 하루 종일 나른 적도 있었다. 그 콩을 멍석에 말려 도리깨로

다 두드리고 나니 손바닥에 물집투성이였다. 내 손을 붙들고 말없이 눈물 훔치시던 어머니 모습이 아직도 선하게 아프다. 그 안타까운 눈빛을 지금도 잊을 수가 없다.

5학년이 되던 해 봄에는 어머니가 시름시름 아프셨다. 속이 더부룩하다고도 했고 머리가 아프다고도 하셨다. 지금 생각해 보면 위암이 아니었을까 짐작만 하고 있다. 그럴 때마다 난 조퇴를 하고 '명신'이며 '소다'를 사다 드렸다. 가끔 산에 가서 뱀을 잡아 인삼과 함께 약탕기에 달여 드렸다. 그걸 잡수시고는 좀 낫는 것 같다며 병색 완연한 얼굴에 미소를 머금기도 하셨다. 한 삼 개월을 그러시는 통에 난 5학년 1학기 동안 거의 매일 조퇴해야 했고 성적은 말이 아니었다. 그렇게 병치레 하던 어느 날 어머니는 급기야 자리보전하고 누우셨다. 내가 밥을 해 먹으며 학교에 다닐 수가 없었고 간호하는 것도 엄두가 안 났다. 그래서 형들한테 모두 전보를 쳤고 형수들이 내려와 집안 살림을 해주었다. 난 식구들이 북적대는 게 마냥 좋았었다. 어머니가 시나브로 세상을 떠날 준비를 한다는 걸 그때는 몰랐다.

음력 오월, 햇살이 따가워 모처럼 친구들과 방죽으로 수영을 하러 갔었다. 집안에는 식구들이 가득했으니 걱정 없이 물장구를 치며 놀고 있었다. 한참을 물놀이하고 있는데 형과 사귀던 서울 아가씨가 뛰어와 나를 불렀다. 병석에 누워있던 어머니가 오란다며 빨리 가자고 보챘다.

가슴이 철렁하여 어렴풋이 뭔가 큰일이 벌어졌다는 생각이 지나갔다. 반바지만 급히 걸쳐 입고 집으로 달려갔다. 어머니는 평소와 달리 한복으로 곱게 차려입고 누워서 나를 기다리고 계셨다. 머리도 정갈하게 빗고 비녀까지 꽂은 맵시가 오랜만에 보는 고운 모습이었다. 날 보고 머리맡에 앉으라 하시더니 창백한 손으로 나를 잡고 바싹 마른 볼에 눈물만 흘리고 계셨다. 그러다 혼잣말처럼 유언하셨는데 무슨 뜻인지 그때는 알아듣지 못할 이야기였다.

"형수들이 아무리 잘해도 내가 앉았던 자리만도 못할 텐데 어떡하나…."

그 한 마디가 마지막으로 하신 말씀이었다. 울며 발버둥을 쳤지만, 어머니는 끝내 대답을 안 하시고 나를 잡고 있던 손가락이 점차 차가워져 갔다. 핏기 사라진 마디 굵은 손가락은 동백꽃 떨어지듯 방바닥에 힘없이 떨어졌다. 그 순간이 지나고 나의 하늘에는 진눈깨비가 오래도록 내렸다. 꽃 피는 봄이 지나고 등짝이 불타는 여름이 와도 가슴 시린 겨울이 거듭 지나가도 진눈깨비만 내렸다. 머리에도, 가슴에도, 그리고 눈자위에도 하염없이 흘러내렸다.

차가운 어머니의 손을 놓은 후에는 바람에 나부끼는 가랑잎처럼 살았다. 이리저리 운명에 끌려다니며 팔도를 내 집 삼아 살고 있다. 하지만 어머니 앉았던 자리, 그 따뜻한 자리는 더 이상 어디에도 없다. 나이가 육십을 넘어가고 있지만 어머닐 생각하면 언제나 그날로 돌아가 버린다. 어머니 기억은 거기서 멈춰 더 크지도 않고 늙지도 않는다.

아무리 아프거나 고통스러워도 나는 잘 참는다. 다른 건 다 참고 이겨내는데 어머니 이야기만은 어쩔질 못한다. 나 스스로 엉덩이에 주사도 놓는 사람이다. 그런데 '어머니'라는 글자 앞에서는 가슴이 탁 막히고 한없이 목이 메어 눈부터 흐려지는 바보가 되고 만다. 어머니는 생전에 입버릇처럼 '수양산 그늘이 강동 팔십 리 간다.'라고 하셨다. 그 뜻을 이제야 어렴풋이 알 것도 같다. 부모 그늘이 그만큼 크다는 말인데 매년 오월 스무이렛날마다 가슴에 되새기며 살아가고 있다. 한번 가시더니 꿈에서도 전화는 고사하고 '문자'도 한 번 안 하신다. 전화기를 사다 드릴 수 있다면 좋으련만 그마저도 이젠 틀렸다.

그토록 넓고 큰 수양산 그늘에 다시는 들 수 없다. 누구나 부모님이 곁에 안 계시면 잘못 한 일만 생각 날 것이다. 후회하지 말고 곁에 계실 때 잘해드리는 게 좋지 않을까 싶다. 오늘은 답은 오지 않더라도 어머니를 대화방 친구로 등록이나 해야겠다. 꿈에라도 한 번 오시면 좋으련만 서산으로 푸른 달빛만 스러지고 있다.

서생원 이야기 1

– 야뇨증

서생원이라고 아시지요?

내가 제일 무서워하는 게 있는데 그것이 바로 서생원입니다. 이유인즉 제가 세 살 때인지 네 살 때인지 배고파 엄청 울었답니다. 그런 나를 형들이 뒷방에 가둬 놓고 울면 쥐 나온다고 겁을 준 뒤로는 쥐꼬리만 보아도 소스라치게 놀라고는 했습니다. 지금처럼 집안에 화장실이 없으니 밤중에 소변이라도 마려우면 문밖에 나가는 것이 죽기보다 싫었습니다. 참고 또 참다 결국 나가게 되지요, 가을까지는 그래도 참을만했습니다. 겨울이 문제였지요, 밤에 찬 바람 쐬는 것도 싫었지만 설상가상 어디서 튀어나올지 모르는 쥐 때문에 밤중에 소변 누는 게 정말 싫었습니다. 그때는 왜 그렇게 쥐도 많았는지 달마다 쥐 잡는 날이 따로 정해져 있었습니다. 온 동네가 한꺼번에 쥐약을 놓았고 그래야 더 많은 쥐를 잡을 수 있었으니 아주 날짜를 정해 놓고 약을 놓았습니다. 그런 날은 학교에서 쥐꼬리를 몇 개씩 가져오라고 할당을 주었습니다. 쥐꼬리가 모자란 날은 오징어 다리를 땅에 문질러 재를 묻히면 감쪽같이 쥐꼬리를 대신하기도 했지요. 그런데 아이러니하게도 제가 쥐띠지 뭡니까. 그러니까 제 주변에는 항상 쥐가 버글버글한다는 것이지요. 친구들 대부분이 쥐띠이니 평생 쥐 소굴에서 뒹군다 이 말입니다. 그러니 제가 얼마나 무섭고 힘든 세월을 살고 있는지 짐작이 가시지요?

밤중에 신호가 오면 항상 어머니를 깨워 같이 나가 곁에 서 계시게 하고 저는 볼일을 보았습니다. 어머니도 처음에는 아무 말씀 안 하고 함께 겨울의 시린 달을 바라보며 밤 산책을 했습니다. 그러더니 나중에는 그게 무척 싫으셨나 봅니다. 하루는 소변을 보고 돌아서는데 어머님이 닭장에다 절을 하라는 것입니다. 절만 하는 게 아니고 '쥐님! 쥐님! 쥐님이나 밤중에 오줌을 싸지, 사람이 밤중에 오줌을 쌉니까.' 이걸 세 번이나 하면서 꾸벅꾸벅 절을 하라는 것입니다. 그 무서운 쥐에게 절을 하라니 처음엔 말도 더듬거렸습니다. 그다음 날도 또 다음 날도 쥐님에게 정성으로 절을 했었지요. 그러길 일주일쯤 했는데 참 신기하게도 새벽에 소변보는 버릇이 사라진 겁니다. 요의를 느껴 깨보면 하늘이 환한 아침이라 참 신기했었습니다. 꼭 쥐가 내 말을 듣고 치료라도 해준 것 같았습니다. 그 일로 해서 쥐는 오히려 저에게 더 무서운 존재가 돼 버렸습니다. 어찌 되었든 야뇨증은 고쳐졌었지요.

알고 보면 어머니가 밤중에 일어나시는 게 귀찮아서 꾀를 부리신 건 아닌지 상당히 의심이 갑니다. 하지만 돌아가셨으니 확인할 방법이 없네요. 그저 짐작만 할 뿐이지요. 아직도 저는 예산에서 살아가는 시골 쥐지만 요즘은 옛날처럼 쥐 볼일이 그렇게 많지 않네요. 가끔 한 번씩 눈에 띄면 놀라긴 하지만 옛날 같지는 않습니다. 면역이 된 거지요.

그래서 올봄에는 비슷하게 늙어가는 쥐들을 모아서 동창회나 한번 할까 합니다. 그날은 찍찍 소리 엄청 시끄러워도 이해해 주시기 바랍니다~!

서생원 이야기 2

- 계란 도둑

화창한 봄이었다고 생각됩니다.

암탉들이 달걀을 낳으면 어머니는 병아리 낸다고 하나둘 광주리에 모아 두고 계셨습니다. 열댓 개가 모여야 닭장에 넣어 품게 하는데 무슨 이유에선지 이틀이나 삼일 간격으로 달걀이 하나씩 없어지는 것이었습니다. 매번 제가 훔쳐 먹은 범인으로 몰렸는데 무척 억울했습니다. 저도 한 개씩 먹기는 했지만 그렇게 대놓고 훔쳐 먹지는 않았거든요. 그래도 전과가 있는지라 변명 한 번 제대로 못 했습니다. 계란이 없어지기만 하면 누명 아닌 누명을 고스란히 뒤집어써야 했지요. 그러다 억울해서 누명을 벗어 볼 요량으로 부엌에서 잠복근무를 했습니다. 잠복근무라고 해봐야 갑자기 부엌문을 열어 보는 게 전부였지만 말입니다. 하루, 이틀, 시간은 덧없이 흘러 닷새쯤 되는 날이었습니다.

그날은 좀 늦게 들어와 점심을 놓쳐서 배는 고픈데 어머니는 낮잠을 주무시고 계셨습니다. 곤하게 주무시기에 할 수 없이 대충 차려 먹으려고 부엌문을 열고 들어섰습니다. 그 순간 살면서 두 번 볼 수 없는 묘한 광경이 눈에 들어오는 것이었습니다. 드디어 계란 도둑을 잡을 수 있었습니다. 분명 계란 도둑이 맞는데 잡을 생각이 안 드는 것이었습니다. 마냥 신기했지요. 아마 이런 광경을 목격한 사람은 우리나라에 몇 사람 안 될 걸로 확신합니다.

궁금하시죠? 글쎄 서생원 두 놈이 계란을 훔쳐 가고 있는 광경을 본 겁니다. 어떻게 가져가는 줄 아십니까? 제 두 눈으로 보기 전에는 상상도 못 했습니다. 한 녀석이 광주리 안에 달걀 하나를 네발로 안고 항복하는 강아지처럼 발랑 뒤집어져 있고 다른 쥐가 꼬리를 물고 쥐구멍을 향해 질질 끌며 가고 있었습니다. 아마 모르긴 해도 부부 절도단인 것 같았습니다. 아니라면 손발이 그렇게 척척 맞을 수가 없지요.

어떻게 그런 기발한 방법을 생각해 냈는지 모르지만, 우리나라 국회의원 아무개보다 훨씬 머리가 좋다고 나는 생각합니다. 그렇게 달걀을 훔쳐서 쥐구멍으로 들어가는 걸 넋 놓고 빤히 보고만 있었습니다. 다음 날 여지없이 내가 도둑으로 몰릴 걸 알면서도 말입니다. 기가 막히고 코가 막혔습니다. 이놈들이 그동안 나도 얻어먹기 힘든 달걀을 이런 식으로 훔쳐 갔던 것입니다. 서생원 절도단이 존경스럽기까지 했습니다. 그렇게 똑똑한 쥐에게 한 수 배웠습니다. 그동안 누명 쓴 게 억울하기는커녕 내가 본 광경이 신기하기만 했습니다. 누군가에게 이 희한한 이야길 해야 했습니다. 그래서 낮잠 자는 어머니를 깨워 이러이러하고 저러저러했다고 말씀을 드렸습니다. 그랬는데 제 신

용도가 한창 저평가되고 있다는 것만 새삼스레 깨달았습니다.

어머니는 큰 소리로 웃으시더니

"야 이 미친놈아, 핑계 대려면 좀 그럴듯하게 대라."고 하셨습니다.

또 달걀을 먹었냐며 제 말은 귓등으로도 안 믿는 눈치였습니다. 그동안 죄 없이 죄인으로 몰릴 때보다 더 억울했습니다. 핸드폰이 일찍 나왔어야 했습니다. 그걸 동영상이라도 찍었더라면 고구마 백 개를 한꺼번에 먹은 것같이 답답하진 않았을 겁니다. 나 혼자 가슴을 쳤지만 그뿐이었습니다. 유야무야 계란 절도 사건은 그렇게 아무도 믿는 이 없이 지나가 버렸습니다.

그 시절에는 계란을 모아 놓았다가 짚으로 열 개씩 엮어 장날 내다 팔고 그랬습니다. 그렇게 소중한 것이라서 하나라도 얻어먹으려면 깜장 고무신 타는 냄새 나도록 심부름을 해야 겨우 먹을 수 있었답니다.

후로도 달걀은 서생원 절도단에게 번번이 도둑을 맞았지만, 별도리가 없었습니다. 광주리에 함지박을 덮어 놓는 것 외엔 별 뾰족한 수가 없었거든요. 그렇게 덮어 놓아도 계란은 하나둘 없어졌습니다. 물론 아주 큰 쥐도 가끔 서생원 절도단에 가입했습니다. 어머니는 분명 아시면서도 모르는 체 눈 감아 주셨을 겁니다. 그렇지만 내가 본 게 하도 신기해서 쥐가 계란을 안아서 훔쳐 간다고 말할 때마다 미친놈 소리만 들었습니다.

저 안 미쳤습니다. 하긴 미친놈이 저 미쳤다고 하겠습니까.

서생원 이야기 3

– 참기름이 없어진 사연

한여름, 낼 모래면 초등학교 여름방학입니다.

해가 머리꼭지에 앉아 이글이글 타는 것 같은 오후였습니다.

연산 댁은 눈을 찡그려 뜨고 동네 어귀를 바라보고 서 있습니다. 우리 엄니가 연산 댁입니다. 왜 안 오나 막내가 올 시간이 지났는데 안 오니 마음이 불안해집니다. 노안 든 눈은 잔뜩 찡그려야 겨우 동네 당산나무가 보입니다. 그때 어렴풋이 아들 같은 실루엣이 나타납니다.

여름 햇살은 참 깁니다. 집에 와서 한숨 늘어지게 자고 일어나도 땡볕은 따갑습니다. 부스스 눈 떠서 해가 서산으로 넘어가는 걸 아침으로 착각하고 가방 메고 학교 간다고 골목을 달립니다. 우리 어머니 다급하게 부릅니다. 넋 빠진 놈, 정신 차리랍니다. 까딱했으면 오전, 오후 학교를 두 번 갈 뻔했습니다. 목이 말라 물을 마시려고 부엌문을 열었습니다. 부뚜막을 바라보고 소스라치게 놀랍니다. 원래 쥐를 무서워하는 나입니다. '살강'에 앉아 느긋하게 참기름 드시는 쥐하고 눈이 마주칩니다. 쥐 눈이 참 반짝거린다고 생각합니다.

진안에는 찬장을 '살강'이라 부르는데 문이 달려있는 집이 별로 없었습니다. 서너 칸 선반 위에 그릇이 차곡차곡 올려져 있는 게 대부분입니다. 무심코 들어선 부엌에서 머리가 꽤 좋은 쥐하고 마주친 겁니다. 이놈이 참기름을 훔쳐 먹고 있습니다.

쥐가 참기름 훔쳐 먹는 거 보셨습니까? 어머니가 바쁘셔서 가마솥 곁에다 참 기름병을 뚜껑을 안 닫고 그냥 두었나 봅니다. 찬장 끝에 앉은 쥐가 뒤돌아서서 꼬리를 병 안으로 밀어 넣고 있습니다. 깊게 넣어 기름이 꼬리 끝에 묻으면 쓰윽 빼 가지고 드십니다. 꼭 막걸리 먹고 입 닦는 복덕방 할아버지처럼 입에다 싹 문지르고 있습니다. 여러 번 그러는 걸 넋 놓고 바라본 기억이 아련합니다. 정신을 차리고 나서 참기름병은 마당으로 날아갔습니다.

그놈은 나를 닮아서 머리가 좋다고 생각했습니다. 나도 쥐지만 그놈 참 징그러운 생쥐 녀석입니다.

무서운 녀석들입니다. 그렇게 머리가 좋은 쥐라 그런지 쥐띠 해에 태어난 사람은 잘 산다는 속설이 있습니다. 특히 쥐처럼 밖에 나갔다가 뭐라도 가지고 들어오는 쥐띠는 더 잘 산다고 합니다. 그런데 그 말도 다 맞는 게 아닙니다. 물어 오기는커녕 밖으로 퍼다 주는 걸 좋아하는 쥐도 한 마리 있으니 말입니다. 한 번뿐이 안 입은 양복은 물론 겨울 외투까지 서슴없이 퍼주고, 남 보증 서기 일쑤입니다. 전셋집이 보증으로 날아가고 같이 사는 여성 쥐에게 혼쭐이 나도 정신 못 차립니다. 그 버릇 못 고치고 제 앞가림 못하는 쥐도 한 마리 있습니다.

그렇게 돌연변이 쥐띠로 태어난 나는 돈 한 푼 없이 살고 있지만, 마음은 편합니다. 이제 밖에 나가면 손주들 생각해서 뭐라도 들고 들어와야 되겠습니다. 그렇게 퍼내던 쥐가 들고 오는 쥐로 변하려고 합니다. 그러면 지금보다 점점 더 잘 살지 않겠습니까. 그런데 여전히 누군가 안쓰러우면 뭐든 주고 싶으니 큰일입니다. 옛말도 가끔 안 맞는 것도 있나 봅니다.

술잔에 빠진 달에게

비 오는 화순중학교 교정에 나 혼자 덩그러니 남아있었다.

다른 애들은 형이나 누나, 아니면 엄마 아빠가 우산을 들고 마중을 나와 데리고들 갔다.

등교할 때는 비가 안 오더니 하교 시간에 맞춰 장대비가 내리는 어느 토요일 오후였다. 학생들 모두 우르르 집으로 가고 빗소리만 요란한 운동장을 혼자 멍하니 바라보고 서 있었다. 머릿속으로 엄마가 지나가고 아버지도 지나갔다. 한 시간을 넘게 그렇게 서 있었다. 기다릴 만큼 기다린 것 같다. 어차피 올 사람이 없다는 걸 알면서도 괜히 그러고 있었다. 누가 데리러 올 거라는 기대는 하지 않았지만, 공연히 울적해졌다.

그냥 비를 맞으며 걸어가기로 했다. 눈물이 빗물에 섞여 방울방울 떨어지고 있었다. 꼴에 남자라고 소리 내어 엉엉 울지도 못했다. 비가 더 세차게 내렸다. 모자를 푹 눌러쓰고 가방끈을 양어깨에 둘러메었다. 그래야 책이 조금은 덜 젖는다. 집에 도착해서도 등에 싸늘한 한기를 느꼈던 건 비단 비에 젖어서만은 아니었다.

토요일이라 도시락을 안 싸가지고 갔었다.

비를 흠뻑 맞고 집에 도착하니 오후 1시가 넘었고 뭔지 모르게 화가 치미는데도 속없이 배는 고팠다. 여전히 소나기는 양철지붕을 요란하게 두드리고 있었다. 마치 누군가 큰 손으로 드럼을 치는 것같이 우렁차게 비가 오고 있었다. 그때 소반을 들고 와서 밥을 먹으라며 마루에 내려놓고 갔다.

상 위에는 쌀이 조금 섞인 보리밥 한 그릇과 맹물 한 대접이 있었다. 그리고 밭에서 갓 따온 것 같은 썰지도 않은 통 오이 두 개와 고추장 종지가 놓여있었다.

그러지 말아야 했다. 한 번 더 참았으면 될 일이었다. 하지만 비를 쫄딱 맞으며 걸어 온 내 처지에 짜증이 나서였을 것이다. 아니면 성의 없는 밥상을 보고 어머니 생각에 서러워서 그랬을 거라 변명을 해 본다. 잠시 상을 바라보다 그릇을 움켜쥐니 스텐 밥그릇이 힘없이 찌그러져 버렸다. 사람이 화가 나면 평소보다 힘이 무척 세지는 것인지 모를 일이다. 그걸 소반 위에 다시 놓고 상째 들어 비 오는 마당에다 던져 버렸다. 빗속을 뛰어나오는데 뒤에 대고 악을 쓰며 욕을 했지만 아무 소리도 들리지 않았다.

비 오는 거리를 얼마쯤 뛰다 보니 같은 반 친구네 집 앞이었다.

들어가기 민망했지만 그래도 제일 친한 친구고 내가 제법 공부를 잘했던 터라 친구 어머니도 나를 좋아해 주셨다. 같이 공부하면서 아들 성적이 올라가서 좋아하셨을 것이다. 머뭇머뭇 문을 열고 들어갔다. 책가방도 안 가지고 갔기에 마땅히 핑계를 대기도 어려웠다. 공연히 두 권이나 가지고 있는 영한사전을 빌리러 왔다고 둘러댔었다. 아주머니가 밥은 먹었냐고 물으셨다. 그렇다고 하면서도 눈물이 먼저 앞자락을 적셔 똑바로 바라보지를 못했다. 다 아신다는 듯 어서 방으로 들어가라고 하셨다. 고개를 푹 숙이고 데면데면 인사를 했다. 친구 녀석이 춥다며 손을 잡아끌었다. 친구 옷으로 갈아입고 같이 공부를 했지만, 전혀 머릿속으로 들어가질 않았다. 그러다 저녁까지 얻어먹고 나와 보니 다행히 비는 그쳐있었다.

어차피 그냥 지나갈 거라는 생각은 안 했었다. 몇 대 맞으면 되겠지 생각했었다. 예상은 빗나가지 않았다. 짐작했던 대로 들어오자마자 밥상을 마당에 던졌다고 고자질을 했다. 무슨 이유냐, 왜 그랬느냐, 전후좌우 자초지종은 필요치 않았다. 화가 나서 마당으로 가더니 텃밭에 경계 목으로 박혀 있던 팔뚝만 한 소나무 말뚝을 뽑아 들었다. 찰나에 내 허벅지에 둔탁한 소리를 내며 시퍼런 줄이 그어졌다. 연거푸 두 번이나 그었다. 나무가 부러졌기에 망정이지 아니면 몇 줄 더 늘었을 것이다. 꼭 참고 울지 않았다. 왠지 울면 내가 더 지는 기분이 들어서 입술을 깨물고 울지 않았다.

입속으로 피가 흥건하게 흐르는 걸 느꼈다. 난 흐르는 대로 삼켜 버렸다. 방으로 들어와 이불을 둘러쓰고 나서야 소리 없이 울었다. 결코

맞은 자리가 아파서 운 건 아니었다. 이유는 모르지만, 왠지 그냥 서러웠다. 처음으로 산다는 것이 싫다고 느낀 날이었다. 갈 수 있으면 어머니 발자국 더듬어 하늘길 따라가고 싶었다. 내가 없으면 모두 편하고 좋아할 거 같았다. 한참을 그렇게 흐느끼다 엎드려 잠이 들었는데 허벅지에 서늘한 기분이 들어 설핏 잠에서 깼다.

누군가 훌쩍거리며 멍든 허벅지에 안티**민을 바르고 있었다. 비록 캄캄한 밤이었지만 그 사람이 누구인지 금방 알 수 있었다. 개뿔, 때릴 땐 언제고 인제 와서 약이나 바르고 있는 게 더 미웠다. 잠에서 깼지만 자는 척하고 가만히 누워있었다. 한참 약을 문지르던 그림자는 창문에 푸른빛이 서성일 때 내 방문을 닫았다. 아팠을 것이다.

본인이 나보다 더 아팠을 것이다. 부모 없이 자라는 동생 모질게 때렸으니 많이 아팠을 것이다. 아니 그럴 수밖에 없는 자신을 때린 것인지도 모른다. 자식이 둘이나 있는데 느닷없이 자신 앞에 떨어진 원하지 않은 혹 덩이가 두려웠을 수도 있다. 힘겨운 삶에 혹까지 키워야 하는 신세가 서러웠는지도 모를 일이다.

한번 틀어진 마음은 집 밖으로만 돌았다.

묻는 말도 세 번 네 번 물어야 겨우 대답했다. 누구하고도 말 섞는 자체가 점점 싫었기 때문이다. 전체 수석이던 성적도 점점 하산하고 있었다. 찬장에 넣어 둔 돈이 없어져도 나였다. 반찬 해놓은 걸 누군가 다 먹었다 해도 나였다. 하루는 등교하려고 집을 나서는데 돈 20

원이 없어졌다고 난리를 피웠다. 어차피 누명은 내가 써야 했지만 억울했다. 학교 가는 길까지 쫓아 나온 여자를 담벼락에다 밀어붙이고 목을 조르고 서 있었다. 같이 학교 가던 친구들이 뜯어말리지 않았으면 아마 무슨 변고가 나도 났을 것이다. 그렇게 지겨운 시간은 마디게 흘러갔고 나에겐 오지 않을 것 같던 졸업이 엉금엉금 기어 왔다.

　돌이켜 생각해 보면 나 역시 똑같이 그러지 않았을까 억지로 이해해 본다. 그러나 한편으론 친동생이라면 그런 밥상을 줬을까 하는 아쉬움이 진한 것도 사실이다. 꼭 그토록 차가워야 했는지 언젠가 한 번은 묻고 싶다. 좀 더 따뜻했으면 내가 어떻게 변해 있을까 하는 생각도 든다. 하지만 모두 지나가 버린 시간이다. 되돌아올 수 없는 시간들이다.

　이제는 회한이나 원망 같은 건 없다. 이제 살날이 지나간 날보다 길지 않다. 그러니 이해하고 살려고 노력은 하는데 그게 마음같이 잘되지 않을 뿐이다. 조금 더 나이를 먹고 기억을 잊어버리는 병이라도 걸리면 좋겠다. 그땐 잊혀질지 솔직히 잘 모르겠다. 그냥 오늘은 술잔에 빠진 달에게 옛일 털어놓고 텅 빈 가슴 한쪽 위로받고 싶은 밤이다.

신작로의 막걸리

어릴 적에 술이 한 되나 들어가는 유리병이 있었다.

지금은 모두 플라스틱이 대신 하지만 그때는 유리병이나 양은 주전자를 들고 막걸리 심부름을 다니곤 했었다. 그런데 이 막걸리 심부름이 그냥 다녀오면 재미가 없는 법이다. 술을 받아 가지고 오다가 주전자에 입을 대고 깔짝깔짝 맛을 보는 재미가 쏠쏠했다. 그래서인지 몰라도 다른 심부름은 뒤로 빼면서도 막걸리 심부름은 앞장서 나서고는 했었다. 조그만 게 그때부터 '고래'가 될 기질이 다분했던 것 같다.

하루는 막걸리를 받으러 점방에 갔는데 주인아저씨가 막걸리 항아리에다 물을 붓고 있었다. 그래서 물을 왜 거기에다 붓느냐고 따졌더니 "네 아버지 속 다칠까 봐 그런다."고 하면서 막걸리 한 말에 물을 한 말이나 타고 있었다. 지금 생각해 보면 뻔한 장삿속이지만 그때는 그러려니 하고 말았다. 그런데 막걸리를 들고 오다가 홀짝홀짝 맛을 본다는 게 너무 많이 먹어 버렸다. 할 수 없이 돌아오는 길가에 있는 친구네 우물에서 나도 주전자에 물을 부어 가지고 갔다. 그날 아버지가 하신 말씀이 아직도 귓가에 맴을 돈다.

"오늘은 막걸리가 유난히 싱겁구나." 하며 허허 웃으신 걸 보면 내가 먹고 왔다는 걸 분명 아시는 것 같았다. 그렇게 인자하시던 아버지는 1학년 겨울 방학 때 나를 버리고 하늘로 떠나셨다.

어려서부터 막걸리 맛에 길들여지며 커가고 있었다. 초등학교 3학년 때로 기억한다. 여름이 절정에 다다라 머리가 벗어질 정도로 더웠던 날이다. 여름방학 전이었지만 무지막지하게 뜨거웠던 날이었다.

학교가 끝나 십 리나 되는 집으로 터덜터덜 걸어오는데 중간에 사방 공사를 하는 아저씨들이 있었다. 지금으로 치면 공공 근로라 해야 맞을까 싶다. 아저씨들은 쉬는 참이었는지 상수리나무 그늘 밑에서 막걸리 통을 곁에 두고 따라 마시면서 이야길 나누고 계셨다. 날도 덥고 십 리나 되는 땡볕을 걸어왔던지라 나도 한 잔 먹었으면 하는 생각이 간절했다. 결국 참지 못하고 아저씨에게 다가가 "저도 한 잔 주시면 안 돼요?" 그랬더니 "허~! 고놈 맹랑한 놈일세" 하시면서 대접에다 그득하게 한 잔 따라 주셨다. 갈증이 났던 터라 게 눈 감추듯 들이켜고 나니 "한 잔 더 줄까?" 하신다. 고개를 끄덕였더니 또 한 잔을 넘치도록 따라 주셨다. 빛이 누렇게 바랜 광목 저고리에 홑바지 차림의 그 아저씨가 그렇게 고마울 수가 없었다. 검정 고무신과 별반 차이가 나지 않는 새까맣게 그을린 얼굴의 웃음이 참 멋있었다.

책보는 허리춤에 매달려서 떨어지지 않으려고 안간힘을 쓰고 있었다. 그 더운 날 열 살짜리가 막걸리를 두 대접이나 하셨으니 세상이 콩 쪽만 하게 보이는 게 당연한 결과였다. 동네에서 가장 높은 우리 집에서 동구 밖이 훤히 보인다. 이제나저제나 막내아들 기다리던 어머니 눈에 동구 밖 신작로를 좌우로 쓸며 걷는 내가 들어왔단다. '쟤가 왜 저러지?' 어디가 아픈 거라고 생각하신 어머니가 버선발로 달려오셔서는 "어디 아프냐?" "왜 그러냐?" 정신없이 물으시는데 정작 나는 싱긋싱긋 웃어 가면서 바보처럼 헤헤거리고 있었다. 곁에 있던 친구에게 대충 이야길 들으신 어머니가

"아니, 이놈의 영감탱이가 애한테 먹일 게 따로 있지."라고 하시더니 공사장으로 득달같이 달려가셨다.

그 나머지 이야기는 전해 들은 것이다. 어차피 나는 길옆 풀밭에 널브러져 잠이 들어서 아무것도 모른다. 동네서 사납기로 둘째가라면 서운해 하시는 울 엄니. 친구 '일기' 엄니하고 쌍벽을 이루셨는데 '일기'는 외동아들이고 나는 마흔여섯에 얻은 막내아들이라 누구라도 둘 중 하나만 건드렸다간 살아남기 힘들었다.

어쩌다가 나하고 일기하고 싸웠다. 그러면 한국전쟁은 전쟁도 아니었다. 그런 나에게 막걸리를 적선하신 죄 없는 그 아저씨, 그날 칠성판 짤뻔했단다. 애가 하도 목말라하기에 목 좀 축이라고 줬다고 손이 발이 되게 빌어서 겨우 생명을 건졌다고 들었다. '이 더운 날 애한테, 것도 두 대접씩이나 먹여서 잘못됐으면 어쩔 거냐.'고 아주 된통 당하셨단다. 다음날 지나오다가 또 일하고 계시기에 전날 일도 있고 해서

반가운 마음에 인사를 드렸는데 아는 체도 안 하셨다. 막걸리 달라는 말도 안 했는데 지레 그러셨다.

"너 목말라 죽어도 오늘은 막걸리 못 준다. 아직은 내가 죽을 때가 아니여~!" 뭐 그러셨다.

하도 죄송스러워서 마루에다 책보를 던져놓고 두레박으로 물을 길어서 주전자에 담아 일하시는 곳으로 가지고 갔다. 그런데 이게 한 되짜리라 일하시는 분은 많고 물은 터무니없이 부족했다. 갈증만 더 나게 만들어 버린 것 같았지만 그 아저씨, 까만 얼굴에 흰 이를 드러내며 고맙다고 머리를 쓰다듬어 주셨다. 착한 일을 한 것 같아 기분이 좋아져서 저녁나절을 물 주전자 들고 왔다 갔다 했던 기억이 난다. 나이가 들어서도 막걸리를 잘 먹었었다.

지금은 석 잔에도 인사불성이 되지만 젊을 때는 그랬다. 아마 그 아저씨가 내 주량을 늘려 주신 덕이 아닌지 확실치는 않다. 하지만 그 여름의 뜨거운 신작로에서 받아먹던 막걸리 맛은 잊을 수가 없다. 그 아저씨의 까만 얼굴이 무척 보고 싶은 여름밤이다. 고향이라고 찾아가 봐야 반기는 이 하나도 없지만, 가끔 가보고 싶다. 시간이 허락한다면 그곳에 들러 막걸리 주던 아저씨 생각하며 한 잔 거나하게 하고 싶다.

아버지와 아들

아버지 이야기

곁에서 힘든 일 도맡아 해주던 아들이 자원을 해서 군대에 갔다. 가던 날 정류장까지 나가서 배웅하고 돌아온 아버지는 그날로 갑자기 병이 들어 자리 깔고 앓아누웠다.

아버지는 한 달에 세 번 하늘에 '공(供)'을 들이던 분이다. 우리나라 큰 산이라면 거의 다 돌아다니며 석 달이나 반년씩 산 기도를 드렸단다. 그렇게 밖으로만 돌며 집안 살림은 잘 돌보지 않으셨단다. 살림은 어머니가 모두 꾸려 가셨다. 그랬어도 생전에 어머니가 아버지에게 불평하는 소리를 들어 본 적이 없다. 뭐든 아버지가 먼저였으며, 하시는 말씀이 무조건 맞았고, 그림자도 못 밟게 하시는 어머니였다.

산을 많이 다녀서 그런지 몰라도 일흔 살에도 한 섬지기 쌀가마를 지고 십 리 길도 단숨에 가던 아버지였다. 그렇게 건강했던 분이 아들

군대 보내고 느닷없이 깊은 병이 들어 앓아누우신 거였다. 일흔두 살 노인은 백약이 무효였고 곁에서 간호하는 아들이 있었지만 군대 간 아들만 부르며 헛손질을 하곤 했다. 한 달쯤 후엔 덩어리 피를 토하기 시작했다. 집에선 더 이상 어쩌지 못해 지게에 지고 읍내 하나뿐인 병원에 입원을 시켰다. 한 달 정도 의사와 식구들이 매달려 돌보았지만 별 차도가 없었다. 군대 간 아들이 작대기 하나를 이마에 붙였을 시간이 덧없이 흘러가고 있었다.

그날, 눈이 하얗게 오던 날, 의사가 며칠 넘기기 힘들다고 모셔가라고 했다. 밖에서 죽으면 귀신이 구천을 떠돈다고 집에서 돌아가시게 하라는 것이었다. 추운 날씨라 택시를 타려고 했지만 워낙에 중환자라 태워주질 않았다. 할 수 없이 아버지는 병원에 갈 때처럼 둘째 형님 지게에 지워져 집으로 왔다. 집으로 돌아와 며칠 살지 못하고 눈도 제대로 못 감고 한 많은 일기장을 덮었다. 위중하시다는 소식을 듣고 미리 와 계시던 한 분뿐인 매형이 살며시 손을 쓸어 눈을 감겨 드렸다.

객지에 있던 일가친척들은 위독할 때 미리 전보를 쳐서 올 사람은 거의 다 와 있었다. 문제는 갓 입대한 아들이었다. 어차피 안 내보내줄 거라고 말들을 했다. 그래도 소식은 전해야 하지 않겠냐며 전방에 있는 부대로 돌아가시기 이틀 전에 전보를 쳤었다. '부친위독 급래요망.' 글자 수 대로 돈을 받았기 때문에 될 수 있으면 글자를 줄여 뜻을 전해야 했다. 전보를 보내고 누구도 군대 간 아들이 올 거라는 기대는 하지 않았다. 염을 하고 입관을 하고 장례를 치르는 날 그날따라 눈이 몹시도 많이 왔다. 어른 정강이가 묻힐 만큼 온 걸로 기억한다.

상복 입은 나에게 지금은 얼굴도 생각 안 나는 동네 아저씨가 냉면 대접에 막걸리를 따라 먹였다. '불쌍해서 어쩐디야, 가련해서 워쩐냐.' 연신 그러면서 막걸리를 따라 주었다. 나보다 더 눈물이 그렁해 가지고 마시는 대로 대접 한쪽에다 술을 계속 부어 주었다. 철없던 나는 주는 대로 계속 들이켰다. 그 모습을 본 어머니가 우리 막내 잡을 거냐는 싫은 소리를 하고 나서야 술 따르기를 멈추었다. 쪼그만 게 무척 많이 마셨지만, 이상하게 술에 취하지 않는 날이었다.

마이산 자락이 보이는 아버지 자리, 딱 관 하나 들어갈 만큼 눈이 녹아 있었다. 모인 사람들은 아버지가 평소에 '공'을 많이 들이더니 명당을 잡았다고 수군거리며 땅속에 관을 막 내려놓을 때였다. 눈이 많아 사람도 걷기 힘든 묘지 앞 신작로 빙판길에 택시가 하나 멈춰 섰다. 그리고 그 속에서 어느 한 사람 기대도 안 했던 군대 갔던 아들이 울면서 내렸다. 형제 중 아버지하고 가장 많이 생활했던 아들이다. 그 아들이 지금 올 수 없는 길을 달려와서 아버지 관을 붙들고 울고 있는 것이다.

장례를 치르고 집에 온 어머니가 형에게 네가 어떻게 왔느냐고 물었다. 아무 말도 안 하고 작은방으로 들어간 형은 그대로 엎드려 깊게 잠이 들어 버렸다. 그런데 이상하게 바로 눕지를 못하는 거였다. 힘들게 계속 엎드려 자고 있었다. 그걸 본 어머니가 뭔가 짚이는 게 있는지 가만히 윗옷을 들치고 바지를 내려 보시고는 슬프게 우는 것이었다. 엉덩이에는 피가 마르면서 팬티와 엉덩이 살이 같이 엉겨 붙어 있었다. 한동안 바라보며 우시던 어머니는 그 당시 다친 데는 만병통치약이었던 '안*푸*민'을 찾고 계셨다.

아들 이야기

나는 군대를 일찍 갔다 오려고 자원을 했다.

입영 날이 되었는데 아버지는 혼자 가도 되는 길을 군이 버스 터미널까지 배웅을 나오셨다. 하얀 두루마기에 갓을 쓰신 아버지는 수염도 옷 색깔만큼이나 하얗다. 손을 흔드시는 늙은 아버지 눈에 눈물이 그렁거렸지만 못 본 체 얼굴을 돌렸다. 논산 훈련소에서 기본 훈련을 받고 사회에서 운전했다는 이유로 운전병으로 차출되어 재교육을 받았다. 한동안 택시 운전을 했던 터라 군용 트럭 운전도 조금은 수월했다.

교육을 마치고 군단 포병 대대에 포차 운전병으로 배치되어 막 근무를 하고 있는데 막냇동생으로부터 전보가 날아왔다. 아버지가 위독하다는 내용이었다. 믿기지 않았다. 몇 달 전만 해도 건강하게 나를 배웅해 주시던 아버지가 위독하다니 분명 거짓말이었다. 아니다, 다급해야 전보를 치는데 나이 많으신 아버지라 혹시 그럴지도 모른다.

집으로 편지를 보내 확인할 여유도 없었고 전보를 칠 상황도 아니었다. 가보는 수밖에 없다. 부대장을 면담하고 사정 이야기를 했지만 돌아오는 것은 미친놈 소리였다. 졸병이 아버지 위독하단 전보를 받고 집에 보내 달라니 당시의 군대 상식으로는 어림도 없는 이야기였다.

집에 보내 달라고 떼를 써대니 기다리는 것은 매뿐이었다. 그것도 군기 세다는 수송부 운전병이라 더 했다. 집에 안 보내주면 탈영한다고 윽박지르며 억지를 부려댔으나 대답은 '빳다'였다. 이틀째부터 엉덩이에 감각이 없어졌지만 난 집에 가야만 했다. 그렇게 죽기 살기로 떼쓰고 맞기를 삼 일째 부대장이 혹시라도 탈영하면 본인 진급에 지장 있다고 다녀오라고 했다. 단 사고 치지 말고 귀대 날짜 어기지 말라는 조건이 붙었다.

그렇게 해서 못 올 걸 간신히 와 보니 무덤에 아버지 관을 막 내려놓고 있었다. 나 때문에 돌아가신 것 같아 마음이 찢어질 듯이 아팠다. 눈물을 흘리며 죄송하다고 했지만, 아버지는 한마디 말씀이 없으셨다. 다행인 건 아버지 묏자리가 명당인 것 같아 조금은 위로가 되었다. 그렇게 눈물로 장례를 치르고 집에 왔는데 어머니가 도대체 어떻게 왔느냐고 물으셨지만, 마음 아파하실까 봐 대답을 안 했다. '탈영한 것 아니냐고 물으시기에 그건 아니라고 말하고 잠이 들었다. 잠결에 어머니가 훌쩍 이는 소리가 났지만, 그동안 잠도 못 자고 맞느라 많이 피곤해서 일어날 수가 없었다.

아버지는 그렇게 우리 곁을 떠나셨다. 하늘에다 공을 많이 들이신 아버지는 그곳이 편한지 그렇게 좋아하던 아들의 꿈길에도 연락 한번 없으시다. 비가 오는 밤이나 낙엽이 떨어지는 새벽엔 긴 수염으로 손 흔드시던 모습이 아련하게 그립다. 함박눈이 소곤거리며 내리는 오늘 같은 밤에는 특히 더 그렇다.

엿을 들고 튀어라

긴 엿가락은 조각조각 부서져 버렸고 고로 나는 달리고 있었다.

오래전부터 마을을 오가던 엿장수가 있었다. 눈이 커서 서글서글했고 콧날이 오뚝하니 여간 잘생긴 얼굴이 아니었다. 그렇게 곱상하였으나 산골 아이들을 대놓고 무시하기 일쑤였다. 자기는 대처에서 학교에 다녔고 외국도 갔다 온 사람이라고 으스대는 게 적잖이 아니꼬웠다.

시골에 살던 우리는 순진해서 그저 부러운 눈으로 우러러볼 수밖에 없었지만, 은근히 밉상이었다. 그때는 우리 모두 우물 안 개구리였기에 그러면 그렇다고 믿고 아니라면 아니라고 믿을 때였지만 말이다.

엿 하나 먹으려면 놋그릇이나 집 안에 있는 쇠붙이를 가져다줘야 했다. 결국에는 바꿀 게 점점 찾기가 힘들어져 가도 하얀 엿가락이 달달하게 눈에 어리면 방법이 없었다. 하루는 신고 다니는 어머니 고무신을 죽으려고 엿을 바꿔먹었다. 그날 엿이 거꾸로 나올 정도로 부지 깽이 타작을 당했다. 그렇게 혼쭐이 나도 그때뿐 그 달콤한 유혹에 못 이겨 급기야 집안 대대로 내려오는 징을 가져다주고 엿을 바꿔먹었 다.

그날 어머님의 희생과 나의 울부짖음으로 살아나 지금 이 글을 쓰 는 게 용하다.

문제는 또 있었다. 그 엿장수가 하는 짓이 정당하게 값을 쳐 주지 않는 것 같았다. 놋그릇을 가져다줘도 엿가락 두 개고 고무신을 가져 다줘도 엿가락은 두 개뿐이었다. 아무래도 속는 기분이 들어갈 즈음 진실을 알아버렸다. 글쎄 동네 형이 같은 고무신을 가져다주니까 내 보는 앞에서 엿을 네 가락이나 주는 것이었다. 내 동무들은 무엇을 가 져다주든지 엿 두 가락짜리였는데 이건 차별이 분명했다. 아니 말도 안 되는 횡포라며 분을 못 이긴 나는 엿장수에게 따지듯 물었다. "어 째서 똑같은 고무신인데 엿가락 개수가 다르냐?"고 목소리 높여 따졌 다. 그 엿장수 아저씨는 태연하게 형들은 몸집이 크니까 더 먹어야 한 다는 것이었다. 어이가 없었다. 아무리 어린애라고 해도 너무 무시하 는 것 같아 분한 생각이 자꾸 들었다. 그날 저녁 동무들을 모두 모아 놓고 다음번 엿장수 오는 날 골려주기로 작당을 하고 헤어졌다.

한 사나흘 지났을까. 드디어 엿장수 가위소리가 동네 뜰에 번져갔 다. 나와 동무들은 눈짓으로 작전을 주고받으며 전날 짜 놓은 계획을 행동에 옮겼다. 제일 달리기 잘하는 내가 엿판에 돌을 던지는 역할이었다. 나머지 동무들은 남자 여자 할 것 없이 엿을 들고뛰는 조로 나뉘어 있었다. 먼저 내가 엿장수 앞에 서서 주먹만 한 돌을 숨겨가지고 기회를 엿보고 있었다. 그 엿장수 아저씨가 고물을 받아 손수레 밑에 넣으려고 엎드렸다. 그 순간 나는 돌멩이로 엿판을 냅다 후려쳤다. 둔탁한 소리와 함께 하얗게 국수 가락처럼 가지런히 놓였던 긴 엿가락들이 모두 조각으로 산산이 부서져 버렸다. 돌멩이로 내려치는 순간을 그 아저씨가 못 봤기에 범인을 찾으려고 두리번거렸다. 그 찰나의 순간에 나는 거의 이백 미터는 도망을 가고 있었다.

그 아저씨 기를 쓰고 나를 쫓아 왔다. 하지만 아무리 초등학교 삼학년짜리지만 학교에서 알아주는 달리기 선수를 따라 올 수는 없었다. 거기다 나는 3학년 전체에서 으뜸가는 단거리 뜀박질 선수였다. 학교 운동회 날이면 달리기 부분에서는 단연코 1등이었으니 말이다. 그 아저씨를 따돌리고 나는 동산을 한 바퀴 휘돌아서 우리가 항상 모여 놀던 '넓적 바위'로 달렸다. 엿장수 아저씨가 나를 뒤쫓아 오는 시간에 동무들은 여유롭게 엿을 가지고 약속 장소에 와 있었다.

엿을 느긋하게 나누어 먹으며 동무들에게 다짐을 두었다. '동네 형들이 한 짓이다, 우린 모르는 일이다. 본 적도 없고 엿판 곁엔 가본 적도 없다.'라고 모두에게 으름장을 놓았다. 집에 들어가니 어머니가 혹시 엿판 때려 부순 게 너 아니냐고 물으셨다. 왜 그러냐고 했더니 엿장수가 동네방네 범인을 찾는다고 뒤지고 다녔다고 하신다. 워낙 사건 사고의 중심에 이름 석 자 끊이지 않고 오르내린 몸이다. 그런 이유로 지레 찔러보신 거였다.

　나 태어나던 그해 우리 마을은 오십여 가구에서 스물네 명이 태어나는 기록을 세웠었다. 그것도 짝 맞춰 남자 열둘에 여자도 딱 열두 명이 한동네에서 태어난 거였다. 보름에 하나씩 태어난 꼴이다. 그러니 그 엿장수가 외국을 다녀온 '천재 할애비'라고 해도 모두 한꺼번에 서 있으면 얼굴을 알아볼 수가 없을 거란 계산을 진즉에 해놓았었다.

　며칠이 훌쩍 지난 어느 날 낮익은 가위소리가 교회 종소리보다 크게 들렸다. 우리 동무들은 여느 때처럼 고무신이며 머리카락 모아 놓은 걸 들고 엿장수 앞에 죽 서 있었다. 우리를 하나하나 살피고 또 살피며 범인 색출에 애를 썼지만 허사였다. 그 아저씨 맥 빠진 모습으로 돌아가는 걸 보니 마음이 좀 안 좋았다. '그러니까 산골 꼬맹이들을 누가 속이라고 했어요.'라고 속 핀잔을 줬지만, 맘은 영 편하지 않았다. 미안한 마음에 시간만 나면 여기저기 들쑤셔 고물을 모아 놓았다. 그 엿장수 오면 엿 안 줘도 좋으니 그냥 가져가라고 하고 싶었다.

　그런데 어찌 된 일인지 그 후로는 그 엿장수가 아니고 다른 사람이 오는 거였다. 한동안 그러기에 못 견디고 그 아저씨 소식을 물어보았다. 그 엿장수는 진짜로 대학도 다니고 외국 유학을 한 사람인데 기회가 닿아 어느 중학교 교사로 부임해 갔다는 것이었다. 그것도 아주 예쁜 색시 얻어 같이 갔다니 기분이 무척 좋았었다.

　그때부터일까, 나도 커서 엿을 팔면 예쁜 색시 얻을 수 있을 거라는 작은 꿈을 가슴에 품고 살았다.

그러나 그건 나의 '씨잘떼기' 없는 헛된 꿈이었을까.

글 쓰다가 옆을 슬쩍 보니,
나는 엿장수를 하다가 중간에 그만둔 게 분명하다는 생각이 화들짝
든다.

우리 아들 피여

초가집은 한 이태 지나면 지붕에 듬성듬성 늙은 아비 이마 같은 골이 파인다. 새로 이엉을 엮어 갈아 주지 않으면 잡초가 무성히 자라기도 하고 손가락만 한 굼벵이가 살기도 한다. 그 굼벵이를 초가집 이엉을 바꿀 때 주워서 구워 먹는 사람들이 많았다. 정력에 좋다고도 했고 오래 살 거라고도 했다. 내가 여태 그걸 주워 먹고 오래 산 사람을 보지는 못했지만 말이다.

그런 황토집 틈새로 살을 에는 바람이 윙윙거리며 마당을 휘모는 겨울은 언제나 힘이 들었다. 먹는 것도 힘겹고 생활하는 것도 힘이 들었다. 움직이기가 힘이 들었다는 말이 맞는 거 같다. 문풍지가 새파랗게 몸서리치는 밤이면 아랫목에 발만 들이밀고 평균 일곱 식구가 옹기종기 잠이 들었다. 식구가 일곱이라고 이부자리가 일곱 벌이 있는 게 아니었다. 바닥에 까는 요도 없이 이불만 두 개면 많았다. 잠결에 서로 빼앗아 가며 자고 나면 왠지 자다가 누구에게 맞은 것같이 온몸이 뻐근하기도 했었다. 누구나 다 비슷하게 살던 때였다. 장판 대신 콩기름 먹인 포대 종이를 까는 집은 그나마 살만한 집인 거였다. 가마니 깔고 사는 집도 허다했고 대나무 자리 깔고 사는 집도 있었다.

그런 생활이다 보니 겨울이면 어김없이 찾아드는 반갑지 않은 손님이 있었다. 몸이 근질거려 시간만 나면 벅벅 긁기 바빴다. 피가 나도 긁어야 직성이 풀렸었다. 지금처럼 샤워를 매일 하는 것도 아니고 목욕이라야 명절이나 돼야 1년에 서너 번 하면 잘했을 것이다. 큰 고무 대야에 물 덥혀 서열 순으로 점점 더러워지는 물에 때를 씻었었다. 그러니 너 나 할 것 없이 몸에 이가 득실거렸다.

볕 좋은 날이면 마루에 참새마냥 쪼르르 앉아 '이' 잡는 게 일이 아닌 일이었다. 좀 큰 이는 잡아서 마루에 압사를 시키면 되었는데 머리칼에 붙은 서캐는 그렇게 잡을 수가 없었다. 더구나 내복을 언제나 입고 살았기에 내복 바느질 밥에 붙은 서캐는 고역이었다. 지금 생각하면 기절초풍할 일이지만 농약을 머리에 뿌리기도 했다. 머리도 머리지만 사타구니며 겨드랑이도 볼 것 없었다. 참 무식이 용감한 때였다.

어머니는 종종 내복을 벗겨 들고 이불 속에 나를 밀어 넣으셨다. 전깃불이었으면 아마 그러지 못했겠지만, 호롱불이라 가능한 일이었다. 내복에 바느질 자리 그러니까 천과 천을 이어 붙인 틈에 이도 있었지만, 서캐도 바글바글했었다. 이를 잡아서는 매번 우리 아들 피 빨아 먹은 놈이라며 이빨로 죽이셨다. 죽이는 것까지는 좋다. 그다음 자세한 이야기는 비위 약한 분 거부감 생길 거 같아 차마 글로 적지 못하겠다. 죽였으면 뱉어야 맞지 않는가.

아무튼 이빨로 죽이다가 다음엔 잘 뵈지도 않는 서캐를 호롱불에 좍 태워 죽였다. '따다다다닥' 나는 그걸 보면서 꼭 따발총 소리 같다고 느꼈는데 나만 그렇게 느낀 건지는 잘 모르겠다. 진짜 따발총 소리는 들어 본 적이 없다. 아무튼 타면서 따다닥거리는 소리가 총소리 같았다. 그게 재미있어 보여 나도 해 보겠다고 달려든 적도 있었다. 내복 바느질 자리 모두를 그렇게 태워도 이는 끈질기게 없어지질 않았다. 타면서 딱딱하게 된 바느질 자리는 자연스럽게 손대신 가려운 곳을 시원하게 긁어주기도 했었다. 매년 겨울이면 '이'하고 전쟁을 치른다 해도 과언이 아니었다.

가끔 조회 시간에 교장 선생님 훈시가 길어지는 날이 있었다. 봄 햇살이 점점 차올라 운동장에 따뜻한 기운이 퍼질 때였다. 앞에 서 있던 친구 녀석 목덜미에 쌀 톨만 한 이가 기어가는 게 눈에 보였다. 나는 잡아 주고 싶었다. 왠지 그래야 할 것 같아서 모두 차렷 자세로 서 있는 운동장에 비명소리 낭랑하게 퍼질 정도로 친구 목덜미의 이를 후려쳤다.

영문도 모르고 얻어맞은 녀석이 왜 때리느냐고 대들었고 증거는 사라져서 결국 주먹다짐하고 말았다. 조회 중에 싸움했으니 교무실로 끌려갔고 자초지종을 이야기했지만 소용이 없었다. 벌 서고, 반성문 쓰고, 화장실 청소하고 그놈의 '이' 한 마리 때문에 사서 고생한 기억이 아직도 생생하다. '이'라는 놈은 남녀에 구분을 두지 않았다. 여자

애들 머리에서도 빡 하면 이가 기어 나왔었고 사내아이들도 다름이 없었다. 전교생이 거의 다 그랬다. 시가 한 편 생각난다.

난 참을 수가 없었어
그래서 옷을 벗고 죽인 거야
경찰도 오지 않았어
물론 소방대도 오지 않았어
새벽 두 시쯤
난 곤하게 단꿈을 꿀 수가 있었어.
'이 잡던 날'

지은이: 아무개

지은이는 상상만 하시면 되는 거다.

벌써 한 오십 년이나 흐른 이야기다. 요즘은 이 때문에 긁적거리는 사람은 없다. 가끔 이가 다시 성해서 여학생들이 고생한다는 소리가 들리지만, 그때만 하겠나 싶다. 이제는 모두 반백이 된 초등학교 동창회에 나가서 이런 이야길 하면 모두가 저는 안 그랬다며 오리발을 내민다.

'이' 있던 녀석은 한 놈도 없고 모두 깨끗하게 살았단다. '볼 거 못 볼 거 다 본 나에게 어디서 사기를….' 코찔찔이 녀석들이 크다 못해 늙어가지고 거짓부렁만 서캐만큼 겁나게 늘었다.

탈 빙하기(脫氷下記)

　창문으로 하얀 눈이 솔솔 들어오고 있었다.

　창문 바로 밑에 책상이 있었는데 엎드려 공부하다 보면 콧잔등에 눈이 내려와 선뜻하게 녹고는 했다. 방바닥은 냉골이었지만 그뿐, 연탄불을 땔 때 주거나 그러진 않았다. 주어진 이불 하나를 반은 깔고 반은 덮고 잠을 청해도 오들오들 떨려서 쉬 잠이 오지를 않았다.

　그런 날에는 눈꺼풀이 천근만근 무거워질 때까지 공부하는 게 자는 것보다 더 나았다. 어떤 날은 공부하다가 창문으로 들어오는 여명에게 인사를 했었다. 시간이 갈수록 밤을 꼬박 새우는 날이 많아졌다. 그래서 그런지는 몰라도 학교 공부는 꽤 잘해나가고 있었다. 학교에서 말썽을 피워도 공부 잘한다는 핑계로 봐주시곤 했으니 말이다. 대부분 그렇게 공부를 하다가 반이 접힌 이불 속으로 들어가 잠이 들곤 했다. 아침에 일어나면 덮은 이불은 휙 펴져서 깔개만 있고 덮개는 없었지만 그렇게 겨울을 이겨내야 했다. 그 여인은 그렇게 나에게 무관

심했다.

푼돈을 모으고 모아 철물점에 가서 합판을 한 장 사서 낑낑대며 들고 왔다. 물론 니크롬 전선도 같이 사 가지고 왔다. 더 이상 추위와 싸우기 싫어 학교에서 얄팍하게 배운 기술 시간과 과학 시간을 총동원하였다. 전기장판을 만들 요량이었다. 이쪽저쪽에 자그마한 못을 일렬로 박아 놓고 니크롬선을 왔다 갔다 깔았다. 방에 보일러 호스 깔듯이 전기선을 이리저리 돌려 깔고 나서 끄트머리에 콘센트 플러그를 달았다. 나도 이제 떨지 않아도 된다고 생각하니 기분이 좋았다. 빨리 실험해보고 싶어 마음이 급해졌다. 어렵사리 합판을 방안으로 옮기고 나서 콘센트를 찾아 플러그를 꽂았다. 야호! 따뜻해진다. 아니 뜨거워진다. 이게 무슨 일이지 어디서 타는 냄새가 나서 플러그를 얼른 뽑아 놓고 방문을 열었다.

살면서 처음 보는 광경이 처마에 펼쳐지고 있었다. 집안의 전기선이 모두 빨랫줄처럼 처졌다가 다시 올라가고 있었다. 쉽게 말해서 전기선이 열을 받아 축 늘어졌다가 코드를 뽑으니까 제자리고 돌아가고 있던 것이다.

내가 만든 전기장판은 5초짜리 장판이었다. 시간이 1분만 지체됐어도 집을 몽땅 태웠을 것이었다. 그도 그럴 것이 조절기가 없는 전기장판이라 당연한 결과였다. 어설프게 배운 지식을 써먹다가 하마터면 그나마 반쪽짜리 이불마저 못 덮는 신세가 될 뻔했던 것이다. 아까운 용돈만 허공으로 날아가 버리고 정작 따뜻한 밤은 없었다.

그 무렵의 겨울은 참 길고 길었다. 그 뒤로는 친구 녀석들 집으로 책가방을 들고 같이 공부 하자는 미명으로 잠자리를 옮겨 다니는 날이 많아졌다. 같이 공부하다가 잠을 잤는데 그게 훨씬 좋았다. 혼자가 아니라 따듯했고 아들 친구라 따듯하게 대해 주시는 게 참 좋았다. 더구나 공부 잘하는 친구가 같이 밤공부를 같이해주니 더 좋아하셨다.

봄이 오는 소리는 내 방 창문으로 제일 먼저 들어왔다. 다른 사람은 못 들어도 난 봄이 오는 발자국 소리를 들을 수 있었다. 아니 공기가 달랐다. 공기도 달랐고 창문을 흔들며 지나가는 바람 냄새도 봄바람은 겨울과 달랐다. 이 집 저 집 옮겨 다니며 잠을 자지 않아도 되는 계절이 오고 있던 것이다. 어쩌면 내가 간절하게 기다리니까 그 모든 소리가 들렸고 냄새를 맡을 수 있었을 것이다.

난 더운 계절이 좋았다. 여름이 좋았고 먹을 게 지천에 널린 가을이 좋았다. 봄 그리고 여름, 가을은 배곯지 않아도 되었다. 들로 산으로 나가면 먹을 게 넘쳐나는 계절이라 좋았고 무엇보다 오들오들 떨지 않아도 되니 좋았다.

지척에 다른 형수가 살고 있었지만 여기든 저기든 올망졸망 조카들이 있었다. 어디를 가도 내 자리는 없다. 여기도 저기도 나를 반기는 온기가 없었다.

기쁜 시간도 지나가지만 괴로운 시간도 똑같이 지나간다. 자고 일어나면 방안에서 하얗게 아는 체하던 눈송이를 더는 안 봐도 되는 시간이 왔다. 졸업하고 공업사에서 용접을 배우며 기름때 묻은 작업복을 입고 지내는 동안 또다시 겨울이 찾아올 무렵이었다. 그 견디기 힘든 시간이 무서워서 그랬을까. 아니면 전체 1등을 하던 내가 새까맣게 일하는 모습을 친구들 등굣길에 보여주기 싫어서였을까. 난 무작정 서울로 가는 기차를 탔다. 아무도 없는 서울에 내리고 보니 바람에 겨울 냄새가 물씬 묻어오고 있었다.

어디로 가야 하는지 막막했다. 동서남북 어디가 어딘지 알 수가 없었다. 무작정 걸었다. 거의 종일을 걷고 또 걸어 일할 수 있는 곳을 찾아가다 보니까 어느 공장 거리를 걷고 있었다. 염창동이었다. 서울역에서 강서구 염창동까지 걸었던 것이다. 트렁크 가방을 든 채로 그렇게 고생이란 문 속으로 걸어갔었다.

－용접공 구함, 기숙사 완비, 숙식 제공 －

아무것도 필요 없었다. 그거면 족했던 것이다. '월급을 얼마로 정하면 좋겠냐?'는 사장 말에 '일하는 만큼만 달라'고 했다. 그랬더니 나보고 '무서운 녀석'이라며 그러자고 했다. 그렇게 한 달이 지나고 급료를 받아보니 그 공장 일꾼 중에 월급을 제일 많이 넣어 주었었다. 성실하게 일해 줘서 고맙다고 사장님이 어디 다른 데 가지 말라고 하셨다. 일하면 돈 주지, 밥 주지, 따뜻한 방에서 재워 주지 더는 바랄 게 없는 시간들이었다.

다만 한 가지 아쉬운 게 있다면 아니 부러운 게 있다면 교복 입은 아이들을 볼 때마다 더 배우고 싶었다. 정말로 공부가 하고 싶었다. 그래서 닥치는 대로 책을 읽었다. 그게 기술 책이든 소설책이든 뭐든지 읽었다. 그렇게 운명의 굴레에 치여 사라져 버린 배움이었다. 흰 눈이 비집고 들어오던 창문 앞을 떠난 지 40년 만에야 기회가 올 줄 참말 몰랐다.   다 늦게나마 한국방송통신대학교를 다니고 있으니 말이다. 눈이 들어오던 그 창문, 빙하기 같던 그곳은 생각만 해도 등골이 오싹하니 춥다. 그래도 가끔은 손을 호호 불어가며 책과 씨름하던 그 방, 콧등에 내리던 하얀 눈이 아련하지만 눈시울은 참 맵다.

평상 앞에서

밖에 추적추적 비가 온다. 십여 년 전 오월 여느 날처럼 비가 온다.

사업은 망하고 교통사고까지 당했다. 근 일 년을 아무 일도 못 하고 침대를 등에 지고 살았다. 나쁜 일은 떼를 지어 오는 것인가 보다. 엎친 데 덮친 격으로 친구라고 믿었던 녀석에게 서준 보증까지 식구들 목을 졸랐다. 더는 견디지 못하고 살고 있던 아파트까지 경매로 날렸다.

쉴 곳을 찾아 일곱 식구를 데리고 부랴부랴 철원에서 철원으로 이사를 온 집. 마당이며 뒤뜰은 쓰레기장이나 다름없었다. 아내와 며느리가 한 달 넘게 팔자에 없는 환경미화원으로 고생한 집이다. 돈이 없어 다달이 월세를 주기로 한 집으로 이사를 하던 날도 오늘처럼 억수 비가 왔다. 그날 내 가슴에 소리 없이 내리던 빗방울이 더 굵었다는 기억밖에 없다.

일 년을 놓았어도 몸이 온전히 나은 건 아니었다. 하지만 하루라도 더는 바라만 보고 있을 수는 없었다. 돈이 필요했기에 아파도 쉴 수 없는 상황이라 짐 싸 들고 춘천으로 갔다. 그곳에서 힘겹게 토목공사 일을 하고 있는데 휴대폰으로 사진이 한 장 날아왔다.

이사한 집에는 제법 키 큰 느티나무와 산 목련 나무가 한 그루씩 있었다. 그 밑으로는 사방 1미터쯤 되는 거의 쓰러져 가는 평상이 하나 놓여있었다. 삭아서 벌겋게 녹이 슨 못이 상어 이빨처럼 뾰족하게 돋아나 있어 땔감도 못 되는 평상이 있었다. 나보다 나이를 더 먹었을 것 같은 평상이 나무 밑에 쪼그리고 앉아 있었다. 뭐라도 올려놓으면 금방이라도 폭삭 주저앉을 것 같았다.

그 어설픈 평상에 며느리와 집사람이 무슨 전을 부쳐 올려놓고 사진을 찍어 보낸 것이었다. '아파트보다 이렇게 나무 밑에 앉아서 쉬니까 행복하다.'는 문자도 같이 왔다. 더불어 웃으며 찍은 사진도 한 장 같이 배달되어왔다. 차라리 불평하며 '이게 무슨 꼴이냐, 이게 사람 사는 거냐?'고 푸념을 했으면 마음이 덜 아팠을 거다. 그 열악한 환경에서도 내 마음 다독이느라 행복하다고 하는 그 억지가 오래오래 가슴을 후비었다.

어른들이야 불편해도 참을 수 있다. 하지만 문제는 이제 막 걸음마를 배운 손주 셋이었다. 거기다 가끔 놀러 올 네 녀석들까지 걱정이었다. 마당엔 손주들 무릎을 노리는 돌부리가 가득했다. 거기에 더해서 언제든지 상처를 안길 수 있는 낡은 평상까지 위험천만한 상황이었다.

그냥 둘 수가 없었다. 죄지은 사람이라 가족 모두에게 미안하고 또 미안한 시간이었다. 마당이라도 평평히 정리하고 평상이라도 새로 만들어 주고 싶었다. 어차피 건축 일에 잔뼈가 굵은 몸, 그쯤은 아무것도 아니었다. 하지만 그것도 마음먹은 대로 되질 않았다. 하루라도 더 벌어야 했기 때문이다.

몇 날 며칠을 벼르고 벼러 쉬는 날 공사를 시작했다. 느티나무 그늘 아래 평상을 제법 크게 만들어 주었다. 지붕도 얹고 난간도 만들고 '해먹'까지 근사하게 달아 주었다. 곁에는 커다란 선풍기가 상시 대기하고 서 있는 사계절용 평상이 완성되었다. 그 평상을 어린 손주들에게 너희들 선물이라고 말해 주었다. 나중엔 세 녀석 유격장이 될 줄은 그때는 짐작도 못 했지만 말이다.

그 평상에서 손주들은 추억을 쌓으며 유치원도 나오고 초등학교 3학년까지 다녔다. 그 세월 동안 아이들의 기억은 웃음도 즐거움도 있을 것이다. 하지만 때로는 눈물도 방울방울 맺혔으리라 믿는다. 서로 밀치고 다투다 평상 밑으로 떨어져 모두를 놀라게 만드는 재주도 있었다. 언니가 해먹 그네를 안 태워준다고 평상을 잡고 악을 쓰던 막내 손주 녀석이 이제 떠나려 하고 있다. 울먹인 눈으로 편들어 달라던 날들이 점점 멀어져 가고 있었다. 아이들이 더 자라기 전에 시골보다 도시에서 공부하는 게 나을 것 같았다.

그래서 아들 내외를 평택으로 이사 보내기로 하였다. 없는 살림이라 도움도 못 주었다. 어찌어찌 전셋집을 얻고 손주들 전학까지 마친

2019년 초겨울, 이별은 성큼 다가오고 있었다. 딸처럼 대했지만 시집 살이는 시집살이, 떠나는 게 시원해야 맞다. 그런데 셋째 딸이면서 며느리인 녀석은 뭐 그리 섭섭해 물방울이 눈썹을 적시고 있다. 아쉬운 손을 흔들며 돌아보고 돌아보며 길을 떠났다. 그토록 안 가겠다고 할머니 치맛자락에 매달려 떨어지지 않던 손주들은 이제 떠나고 없다. 돌아서 보니 텅 빈 평상에는 길 잃은 하얀 눈이 갈피를 못 잡고 이리저리 휘돌고 있을 뿐이었다.

철원을 떠난 지 반년이 훨씬 지나갔는데도 아직 이곳이 저희 집이라고 우기는 손주들이다. 그 녀석들 인사 끝엔 언제나 할아버지 사랑한다며 죄지은 마음을 먹먹하게 만들 때가 많다. 기른 정이 무섭다는 걸 새삼 느낀다. 언제나 전화를 끊을 때는 사랑한다는 말을 잊지 않는 녀석들이 내일도 모래도 보고 싶을 것이다. "나도 하늘이 내게 보내준 너희 모두를 사랑한다." 그렇게 말을 하면서도 미안한 맘 가득한 내 강아지들이다.

아이들이 떠난 뒤, 주인 잃은 해먹은 비바람에 시달리다 낡고 헤져서 치워버렸다. 녀석들이 올라가 아슬아슬 건너던 평상의 등받이도 썩어 색이 까맣다. 아이들이 놀던 평상은 늙고 병들어 죽어가고 있어도 고치고 싶은 마음이 하나도 없다.

비가 온다. 세차게 비가 온다.

평상 앞에 서서 담배 연기를 길게 하늘로 날려 보내며 빗소리를 들는다.

　어떤 소리든지 소리는 듣는 사람 따라 필요한 소리로 들리는 것인가 보다. 빗소리는 왁자지껄한 아이들 목소리로 귓가에 맴을 도는 여름 한낮이다. 시간이 가면 녀석들 기억엔 남아있지도 않을 추억을 한톨 두 톨 나 혼자 만지작거린다. 아파트 생활에 익숙하지 않은 강아지들이 걱정이다. 조용조용 놀고 뒤꿈치는 들고 걸으라며 목소리가 커진 엄마에게 혼이 나고 있진 않은지 모르겠다. 보잘것없는 이 흙 마당에서 마음껏 뛰고 달리던 시간을 그리워하진 않을지 모른다. 심지어 마당 한 모퉁이에 구덩이를 파고 들어가 있어도 아무도 나무라지 않던 초라한 시간이 보고 싶어지나 않은지 모를 일이다.

　소나기는 시간이 흐를수록 굵게 내리고 있다.

　비는 하늘에서 땅으로 내리고 그리움은 땅에서 하늘로 오르고 있다.

　주인 잃은 평상의 지붕은 마치 개구쟁이 일곱 녀석처럼 시끄럽다. 하루 종일 재잘거리고 있다. 텅 빈 평상 위 헤진 장판 위로 빗방울이 방글거린다. 웃는 얼굴이 하나둘 허공으로 번진다. 나는 빗소리를 밟고 서서 하늘 가득히 고사리손을 찾아 더듬거린다. 아무도 모르게 가슴 모퉁이로 평상에서 일어선 바람 한 줄기 횡한 가슴 속으로 지나가고 있다.

2

갈잎의 노래

시간이 갈수록 문학을 좀 더 자세하게 배우고 싶어졌다.

어느 날 나는 결심을 하고 고등학교 검정고시를 신청했다.

불과 두 달 남은 시험 날짜였지만 일단 신청하고

아이들 떠드는 저녁 시간을 피해 주로 새벽에 공부했다.

낮에 일하다가 꾸벅거리며 졸기도 했지만

눈에 불을 켜고 파고들었다.

손에서 책을 놓은 지 근 40년 만이었다.

그러니 녹슨 머리에 잘 들어갈 리가 없었다.

보고 있으면 알 것 같은데 책을 덮는 순간

무얼 보고 있었는지 아무것도 생각이 나지 않았다.

- 본문 중에서

9인의 특공대

언제나 빤히 보이던 G.P(최전방 경계초소)에서 폭발음이 들렸다. 나는 그때 평택에서 다리 공사 중이었는데 최전방 초소 증축공사를 맡아 해달라는 부탁을 받았다. 받은 공사 대금을 모두 준다는 것이었다. 마침 둘째 딸 결혼 비용이 절실했던 터라 '그러마' 하고 약속했다.

전방 출입은 까다롭다. 통행증 신청도 하고 신원조회 신청을 마치고 허가를 기다렸다. 한 달쯤 지나서 드디어 현장에 들어가도 좋다는 유엔사령부 출입 허가 통보가 왔다.

공사장까지 가려면 후방초소를 지나 비무장지대의 통문까지 지나야 했다. G.P로 들어가는 길은 민간인 차는 사륜구동이 아니면 엄두가 안 나는 길이다. 가파르기도 했지만, 비포장도로라 상당히 위험했다. 군용 트럭을 타고 올라가는데 경사가 얼마나 심한지 차가 뒤로 밀릴 것만 같았다. 손바닥에 땀이 났다. 오금이 저린다는 표현이 맞을 것 같다.

최전방 706 G.P에서는 후줄근한 북한군이 맨눈으로도 빤히 보일 정도였다. 그곳은 예상했던 대로 거의 굴속이었다. 두께가 1m나 되는 콘크리트 벽이 이중으로 빙 둘러 감싸고 있었다. 언제 있을지 모를 도발에 대비한 것이려니 했다. 그 속에 내무반과 식당, 화장실이 있었고 외부에는 체력 단련실과 휴게실이 있었다. 동서남북에 배치된 경계병은 쉼 없이 북을 응시하고 있었다. 북쪽 초소 감시창을 향해 고정된 기관총은 콘크리트로 고정되어 있었다. 언제든지 방아쇠만 당기면 북을 향해 불을 뿜을 수 있게 조준되어 있었다. 일상이 되어버린 초소 병사들은 대수롭지 않은 듯 생활했지만, 나에게는 적잖이 생소한 광경이었다. 평생 처음 접하는 광경이었으니 말이다.

공사 현장을 둘러보고 내려오는 비무장지대의 경치는 멋졌다. 사람 손을 타지 않은 세월 동안 스스로 가꾸어진 풍경이 참 고즈넉이 어여쁘다. 봄철이어서 산등성이 가득 두릅이 봉긋하게 싹을 틔우고 있었는데 저걸 다 따면 큰 화물 트럭은 족히 채울 것 같았다. 공사 담당 중대장에게 "공사 대금 대신 저걸 따 가면 안 되느냐."라는 농담에 중대장이 "지뢰가 많아요. 그저 풀이려니 하고 다니세요."라며 웃었다.

구불구불 내려오다 보니 최소한 오십 년은 되었을 것 같은 산삼 다섯 잎이 찰랑거리고 있었다. 그러나 뭐하랴 그림의 떡이었다. 곰 취나물이 우산만 해도 딸 수가 없었다. 가로막고 서 있는 '지뢰' 푯말이 욕심내지 말라고 무언의 압박을 했다. 그야말로 풀이려니 하고 다녔지만, 눈에 띌 때마다 욕심이 발동했다. 그래도 목숨을 담보로 지뢰밭을 들어갈 수는 없었다. 공사를 하는 기간 내내 참느라 힘이 들었다.

그렇게 현장을 둘러보고 내려와서 인부를 어떻게 구성할까 머리를 굴렸다. 여러 명이 들어가는 건 모든 조건이 힘들 것 같았다. 출, 퇴근도 그렇고 먹는 것도 여의치가 않았다. 인부들 모두 도시락을 싸 들고 다녀야 했기 때문이다. 그래서 생각한 게 이것저것 다할 수 있는 인부 특공대를 조직하는 거였다.

인부 여덟 명에 나까지 아홉 명이 공사를 시작했다. 벽을 부수고 다시 콘크리트를 치고 목수 일을 하면서 용접 일도 해야 했다. 보일러를 놓으며 타일도 붙였다. 그야말로 일당백의 다목적 기능공들이었다. 현장에 도착하면 10시, 내려오면 오후 5시여서 하루 일할 시간이 네댓 시간뿐이었다. 거기다 점심 먹어야지 쉬어야지 일할 수 있는 시간이 모자랐다. 그래도 공사 기간은 정해져 있어 준공 날짜를 맞추느라 고생을 많이 했다. 고생스러웠지만 나와 인부들은 별 사고 없이 공사를 마쳤다. 새 내무반에 새 침대며 개인 사물함까지 구비 해주고 나니 괜히 내가 뿌듯했다. 모두 자식 같아서였을 것이다.

준공식을 마치고 정산한 다음 고생한 인부들에게 월급 외에 봉투를 하나씩 더 주었다. 힘든 일 군말 없이 따라와 준 게 고맙고 감사해서였다. 뜻하지 않은 봉투를 받아들고 인부들 얼굴이 환해지는데 보는 나까지 기분이 좋았다.

그렇게 땀 흘리며 고생한 G.P가 폭파되는 장면이 뉴스에 나왔다. 폭파되는 초소를 하염없이 바라보았다. 저 건물을 지으면서 고생한 일들이 눈앞으로 고스란히 지나갔다. 새벽같이 방탄복 입고 출입 허가를 마냥 기다리는 날이 많았다. 기다리며 허비하는 시간이 아까워 발을 동동거렸던 날들 생각에 마음이 아려왔다. 안개라도 자욱한 날이면 다 걷힐 때까지 끝없이 기다리던 일은 분단된 나라의 아픔이었다. 사람 없는 풀밭에 느긋한 고라니며 꿩과 산양들이 한가롭게 노닐었다. 비무장지대의 무성한 풀밭, 두려움과 긴장은 오로지 우리 몫이었다. 언제 총탄이 날아올지 모른다는 긴장을 등에 지고 우리는 매일 출, 퇴근했다. 벽돌 한 장 시멘트 한 포를 손으로 옮기며 지은 G.P다.

물론 초소를 없애는 건 잘하는 일이다. 서로 총부리 마주 대고 으르렁거리지 않으니 좋다. 같이 살자는 것이니 왜 아니 좋겠는가. 그런데 마음 한쪽이 왜 이리 허전한지 모르겠다. 내 손으로 피땀 흘려가며 지은 초소라 애착이 가서 그랬을 것이다. 공들여 지은 거라 부서지는 게 은근히 싫었다는 것이 솔직한 마음이었다. 보존하고 비워 두었다가 우리가 이런 시대도 살고 있었다고 후세에 가르쳐 줄 수는 없는 건가 하는 쓸데없는 생각도 했다.

언제나 빤히 보이던 비무장지대 안 산등성이의 G.P가 오늘은 없다. 이제는 거기에 방탄유리도 없고 북을 응시하던 망원경도 없을 거다. 서로를 겨누었던 기관총도 사라졌을 거라 생각한다. 오늘 허물어진 그 초소에 풀포기 자라고 꽃송이 피어나면 좋겠다. 노루나 고라니가 뛰어노는 곳으로 서서히 녹아들면 참 좋겠다.

어느 날 갑자기 남과 북이 하나가 되더라도 비무장지대는 그대로 남아있으면 좋겠다. 저 아프리카 초원처럼 눈에 익은 동물들이 같이 살면 얼마나 좋을까. 비록 내가 지은 G.P는 오늘 한 줌 연기를 뿜으며 사라져갔지만 말이다. 뉴스를 보는 아홉 명은 오늘 모두 서운할 거다. 아니 서운하면서 기분 좋을지 모른다. 비록 우리가 고생한 G.P는 사라졌지만 대신 통일이라는 희망이 그 자리에 솟아올랐으니 괜찮다고 말이다.

언젠가 남북은 하나가 돼야 한다.

우리 겨레는 하나로 영원히 살아서 옛이야기 나누며 세상을 호령하는 그런 민족이 되길 9인의 특공대장은 간절히 바라고 또 바라본다.

D.M.Z 탐방

부산에 사는 처제 가족이 오랜만에 철원까지 놀러 왔다. 추억거리 하나 만들어 주자는 의미로 비무장지대 탐방을 해 보기로 했다. 민통선 안 '생창리' 마을에 있는 관리사무소에 전화해서 인적 사항을 불러 주니 다음날 아홉 시까지 오라고 한다.

우리야 이곳에 사니 매일 북녘 하늘 바라보며 살기로 별 감흥이 없었다. 하지만 부산에서 이곳 최전방까지 온 처제 가족은 적잖이 설레는 모양이었다. 살면서 비무장지대 안쪽을 구경한다는 게 민간인 신분으론 쉽지 않은 일이니 더욱 그럴 것이다. 그렇게 설레는 밤이 지나고 전방 마을에 아침 일찍 도착했다. 단체 탐방객들이 버스로 오기도 하고 개인 자격으로 나처럼 자가용을 끌고 온 가족도 여러 팀 있었다. 모두 처음 가보는 비무장지대인지라 상기된 모습이 역력했다.

한참을 기다리니 드디어 인솔 장교가 나와 맨 앞차에 타더니 뒤따라오라고 했다. 나도 근 삼십 년 만에 들어가 보는 비무장지대여서 약간 가슴이 두근거렸다.

오래전에 비무장지대 안에 있는 부대공사를 많이 했었다. 그런데 아무 생각 없이 가다 보니 어째 길이 눈에 익었다. 어렴풋이 생각나는 길이었다. 한참을 생각하니 오래전에 내가 구석구석 누비던 길이 아닌가. 해운대, 홍콩, 전골촌, 태종대 등등 소초 이름이 있던 곳이었다. 전방 군 막사 현대화 사업이라고 해서 대대적인 보수공사가 있었다. 화장실도 수세식으로 고치고 보일러와 샤워 시설까지 설치해 주었다. 뿐만 아니고 개인 침대까지 새로 놓아주던 곳이라는 게 어렵사리 생각이 났다.

그때는 아무 감흥 없이 지나치던 다리 '암정교'가 아침 햇살과 함께 새롭게 눈에 들어왔다. 일제강점기에 놓인 다리이다. 한국전쟁을 겪어서 그런지, 세월의 흔적인지 상처 난 다리의 기둥이 상이군인처럼 반쯤 부서져 절뚝이고 있는 곳이다. 여기저기 무수히 박힌 총탄 자국이 나 있다. 자국 하나하나 만나지 못하는 슬픈 가슴에 박힌 이산의 한처럼 깊고 깊게 패어 있다. 시간을 헤집고 밖으로 삐져나온 철근이 상처 입은 갈비뼈처럼 앙상하고 붉다.

"낚싯대를 가져와야 했어."라며 무거운 분위기를 깨려고 농담을 했는데 해설사가 이곳은 낚시 금지구역이라며 정색했다. 어찌나 물이 맑은지 고기가 바글거릴 것 같은 생각이 들었다. 이렇게 환경이 잘 보존된 것이 아이러니하게도 서로의 가슴에 총부리 들이댄 결과라고 생각하니 한편으론 어이가 없었다.

그런 내 마음을 아는지 모르는지 흐르는 물은 맑고 투명해서 더없이 보기가 좋았다. 수정 같은 물은 북에서 내려오고 있다. 그러니까 북쪽에서 보면 월남을 하고 있는 반동분자인 것이다. 아직도 눈동자 반짝이는 초병이 보초를 서는 철책 밑을 기어서 남으로 내려오는 것이다. 북에서 남으로 탈출하는 북의 물맛은 어떠한지 손으로 떠서 마셔 보았다. 기가 막히게 시원하고 맛이 좋았다. 수돗물에 비할 바가 아니었다. 입맛을 다시는데 해설사가 "북쪽 하늘을 한 번 보세요." 그런다. 올려다본 하늘에 재두루미 한 쌍이 우아한 날개를 휘저으며 북으로 날아가고 있었다. 저 기러기는 비무장지대도 없을 거고 이데올로기가 뭔지도 모를 것이다. 그저 가고 싶으면 가고 오고 싶으면 오는 것이다. 북한으로 날아가는 저 두루미는 북녘땅에서 환영을 받을까 아니면 감옥살이 보내질까 쓸데없는 생각을 해 보았다.

기념할 것도 참 없다. 철책 두른 걸 기념하는 탑이 서 있었다. 국토를 두 동강 내놓고 기념하는 탑이라니, 매번 느끼는 거지만 정치라는 게 참 한심하기 짝이 없을 때가 많다. 강토를 두 쪽 내놓은 걸 업적이라고 아부했을 것이다. 철저하게 물 샐 틈 없이 철망을 쳐가며 제 입신에 들떠있었을 것이다. 우리는 언제고 만나야 하지 않을까 생각한다. 가족이며 친척이고 이웃이지 않은가.

처제가 가족사진을 찍어 달라고 휴대폰을 내민다. 곁에 있던 해설사가 철책은 찍으면 안 된다고 탑만 나오게끔 잘 찍으라고 했다. 인공

위성이 머리 위에서 시시때때로 사진을 찍는 세상에 철책이 군사 비밀이라니 웃기지도 않는다.

"하나, 둘, 셋,~ 넷 빤쓰." 그러자 처제 가족이 이 무거운 공기를 박차고 환하게 웃는다. 그 순간을 놓치지 않고 사진을 찍었다. 오래오래 기억해 주길 바라면서 셔터를 눌렀다. 우리 민족도 미국, 중국, 러시아, 일본 다 제쳐두고 하루빨리 통일되어 활짝 웃는 날이 오면 좋겠다.

옆 공터에서는 군인들이 휴일이라 축구를 하고 있었다. 운동장 가장자리에 울타리를 빙 둘러친 것이 여느 농장을 생각나게 하였다. 공이 밖으로 나가는 걸 방지하기 위한 것이겠지만 그 안에 구속된 군인의 자유가 가엾다. 통일이 되어도 저럴까 싶다. 부질없는 생각을 하면서 이제는 앙상한 금강산 가던 철길을 구경하러 걸어갔다. 일제강점기 때 놓은 철길이 이제는 기둥만 남아있다. 세월 따라 그 용도가 바뀌어 농사용 물을 가두는 '용양보'가 되어있었다.

오랜 시간이 지났는데 아직도 부서지지 않고 버티고 서있는 다리이다. 저 교각에는 우리 아버지와 삼촌, 아재의 살과 피가 얼마나 서럽게 묻혔을까. 허기진 배로 모진 매를 견디며 쌓았을 것이다. 그 한이 서리서리 어려 아직도 부서지지 않고 시린 물에 발을 담그고 서 있나 싶다. 이젠 편히 부서질 때가 된 것도 같은데 말이다.

보 곁에는 강철로 만든 출렁다리의 잔해가 앙상하다. 전쟁이 끝나고 우리 군인들이 만들었을 그 출렁거리는 다리는 가녀린 힘줄만 물 위에 힘겹게 매달려있다. 통일을 바라는 마음같이 마지막 힘을 다해 버둥거리고 있었다. 난간에는 북으로 겨냥된 망원경도 있었다. 그 망원경으로 북쪽의 산을 바라보며 다시 한번 통일을 생각한다. 흐릿하게 보이는 저 산길을 걷고 싶다. 뒷짐 지고 천천히 산책해 볼 날을 손꼽으며 아쉽고 서글픈 D.M.Z 탐방을 마쳤다.

하얀 대학생

소년은 철공소 앞으로 지나가는 친구를 부럽게 쳐다보고 있었다. 중학교를 졸업하고 더는 진학이 힘들어 기술이라도 배워야겠다고 들어간 철공소였다. 기름 범벅이 된 작업복을 입고 일하는 것은 견딜 만했다. 하지만 아침마다 교복 입고 깔깔거리며 등교하는 친구들을 바라보는 건 참기 힘든 일이었다. 학교 공부를 못한 것도 아니어서도 그랬지만 배우고 싶다는 갈증이 하루하루 커가서 더 힘이 들었다. 그러다 결국 못 견디고 보따리 하나 들고 무작정 서울 가는 완행열차를 탔다.

늦은 나이에 나를 낳은 부모님은 눈도 제대로 못 감고 돌아가셨다. 그 후 나는 어쩔 수 없이 형 밑에서 눈치를 피해 가며 살아야 했다. 모두가 헐벗고 굶주려 살기 힘든 시절이었다. 그런 이유로 중학 공부만이라도 한 것이 참 다행이라고 생각한 적도 있었다. '그래 그만하면 된 거다. 더는 욕심이지…' 했지만, 시간이 갈수록 마치지 못한 공부의 갈증이 커갔다. 사막을 걷는 나그네가 오아시스를 고대하듯 배움의 목마름이 더해 갔다.

나는 용접도 자동차 정비도 배우고 급기야 목수 일까지 닥치는 대로 배워 나갔다. 마치 공부에 대한 분풀이라도 하듯이 기술을 배웠다. 그러다가 건설 현장에서 반장을 거쳐 소장 노릇을 하면서 속절없이 나이만 먹어 갔다. 소장 일을 하면서는 지식이 없으니 거의 매일 책을 덮고 잠을 잤다.

그렇게 열심히 살다 보니 참한 색시도 만나고 아이들도 태어났다. 아이들이 태어나자 입히고 공부시키느라 본인이 하고 싶던 공부는 까맣게 잊고 살았다. 아이들이 대학을 졸업하고, 직장을 갖고, 시집을 가고 손주도 태어났다.

그제야 주마등처럼 숨 가쁘게 달려온 시간을 조심스레 뒤돌아볼 수 있었다. 오랜만에 자세히 바라본 나의 모습은 너무나 많이 변해 있었다. 어느새 검던 머리는 하얗게 변해 있었고 손가락 마디마디 세월이 두고 간 시간의 아픔들이 도톰하게 매달려있었다. 거울을 보다가 익숙하지 않은 자신의 겉모습에 화들짝 놀랄 만큼 시간은 뒤 볼 새 없이 흐른 뒤였다.

그러던 내가 '문정희' 시인의 '비망록'이란 시를 읽은 뒤로는 글이 쓰고 싶어 점점 미친놈이 되어갔다. 어려운 말 한마디 없어도 사람의 가슴을 파고드는 그녀의 시 한 편에 나는 정신을 잃은 것 같았다. 건방지게도 나도 할 수 있다고 생각했다. 무식(無識)이 용감이라고 했던

가. 어떻게 쓰는 것인지 아무것도 모르면서 난 무작정 글을 쓰기 시작했다. 그렇게 글을 써 놓고 읽어보면 항상 뭔가 부족하다는 생각이 자꾸 들었다. 그러던 차에 마침 살고 있던 지역에 '모을동비'(*철원의 고대 이름)라는 문학동아리가 있어 일주일에 두 시간씩 글쓰기를 배우기로 했다. 가뭄에 단비를 맞는 기분이었다. 그 두 시간도 일 하느라 종종 빼먹기 일쑤였지만 그래도 뭔가 알아 가는 게 나는 참 기분이 좋았다.

시간이 갈수록 문학을 좀 더 자세하게 배우고 싶어졌다. 어느 날 나는 결심을 하고 고등학교 검정고시를 신청했다. 불과 두 달 남은 시험 날짜였지만 일단 신청하고 아이들 떠드는 저녁 시간을 피해 주로 새벽에 공부했다. 낮에 일하다가 꾸벅거리며 졸기도 했지만, 눈에 불을 켜고 파고들었다.

손에서 책을 놓은 지 근 40년 만이었다. 그러니 녹슨 머리에 잘 들어갈 리가 없었다. 보고 있으면 알 것 같은데 책을 덮는 순간 무얼 보고 있었는지 아무것도 생각이 나지 않았다. 냉수에 얼음을 넣어 마시거나 물파스를 눈자위에 찍어 발라가면서 잠을 쫓았다. 드디어 시험 날, 눈치 반 실력 반으로 시험을 치렀다. 시험장을 나오면서 무거운 짐을 벗어 놓은 것같이 홀가분하기도 하고 떨어질 것 같은 두려움에 살짝 떨기도 했다.

평균 84점, 60점이면 합격인 검정고시다. 드디어 나도 대학을 갈 수 있게 됐다.

나는 나이가 들었지만 손수 일하지 않으면 안 되는 먼지 풀풀 나는 삶이라 매일 학교에 가는 건 불가능했다. 돈을 벌면서 공부를 할 수 있을까. 없는 시간에 공부나 제대로 할까. 젊은 친구들을 따라갈 수 있을까. 별의별 생각에 머리가 복잡했다. 그렇지만 아무리 어렵다고 해도 나는 꼭 대학엘 가고 싶었다. 안되면 두 번, 세 번 해 보기로 마음먹었다.

그렇게 나는 떨리는 손으로 어렵사리 한국방송통신대학 홈페이지를 클릭하고 있었다.

그토록 갈망하던 국어국문학과의 문을 열었다. 배우고 싶어 했던 책들이라 무척 반가웠다. 책들이 마치 오래 잊고 지내던 친구같이 살가웠다. 합격 통보를 받고 등록을 하고 교수분들의 홈페이지를 방문해 보니 할 수 있겠다는 생각에 설레고 가슴이 벅찼다. 소년의 오랜 꿈이 이루어진 것이었다.

드디어 '오리엔테이션' 나는 난생처음 대학이라는 문을 열고 들어섰다. 이런 날이 오다니, 너무 기쁜 나머지 남모르게 속으로 울었다. 자기가 속한 동아리에, 스터디에 가입하라고 전단지를 나누어 주는 선배들이 다정했다. 모두 연배가 비슷해 보여 더 정감이 갔다. 그제야 나도 대학생이라는 실감이 났다. 학생회장이 멋진 목소리로 '방문객'이라는 시를 낭송해줬다. '과거와 현재와 미래를 가지고 여기 오신 여러분을 환영합니다.' 가슴이 뭉클했다.

박 교수님은 국문과 학생이면 상금이 제일 많은 동서문학상을 노려

보라며 일회용 커피도 그 회사 것만 드신다고 우스갯소리를 했다. 참으로 기쁜 날이었다. 대학에서 이 많은 학우와 같이 공부한다고 생각하니 웃음이 절로 새 나왔다.

나는 생각했다. '그래, 이왕 하는 거 잘하지는 못해도 열심히는 해 보자. 하다 보면 동서는 몰라도 직지 문학상은 한번 노려볼 수 있을 것 아닌가.'

어깨가 한껏 부푼, 세월에 치여 머리가 하얀 대학생이 거기에 있었다.

가제트 텐트

어제 이사 온 것 같은데 어느덧 삼십몇 년을 철원에 둥지를 틀고 살았다. 여기서 아이들도 키우고 사업도 했다. 친구들도 사귀고 고향처럼 여기며 살았지만 이제 떠나야 한다. 둥지를 떠나자니 후회스러운 것도 많다. 망해버린 사업과 그로 인해 찾아온 경제적인 어려움 그리고 이별.

언제부턴가 집사람은 사업하는 둘째 딸 도와준다고 보령으로 가 있었고 나는 서울에서 일하고 있었다. 그런 이유로 집을 비우는 날이 많아졌다. 다 늙어서 주말 부부라니, 젊은 날을 잘못 산 내 탓이니 누굴 원망할 처지도 아니었다. 그렇게 집을 비워 놓고 세를 주는 것도 아까웠다. 아이들도 모두 객지에서 살아 명절에 다녀가려면 족히 서너 시간은 운전해야 하니 여간 힘든 게 아니었다. 그러니 애들 얼굴 보기가 점점 어려워지는 것 같았다.

그런저런 이유로 내가 이사하기로 마음먹었다. 정든 사람들과 헤어지는 건 아쉬웠지만 그래도 나이 들어가면서 자식들 얼굴이나 자주 보고 살고 싶은 마음이 컸던 것 같다. 아이들과의 중간쯤이 좋겠다고 생각했다. 그래서 충남 쪽으로 집터를 알아보고 다니던 집사람이 예당저수지 곁에다 자그마한 논을 샀다. 거기에 농막 신고를 하고 컨테이너를 하나 가져다 놓았는데 거기로 이사를 하기로 급하게 결정이 나 버렸다. 직장생활을 하는 집사람이어서 어쩔 수 없이 내 손으로 이삿짐을 꾸려야 했다. 드디어 21년 10월에 미운 정 고운 정을 뿌리치고 철원에서 예산으로 이사를 했다.

각오는 어느 정도 했지만 막막했다. 살림살이며 건축 일을 하는 내 직업 특성상 공구도 만만치 않았다. 도저히 컨테이너에 들여놓을 수가 없었다. 하는 수 없이 이웃집 어르신에게 사정 이야기를 하고 그분 마당에 이삿짐을 내려놓고 천막을 사다가 임시로 덮어 놓는 걸로 이사는 끝이 났다. 집터에는 풀이 한 길이나 자라 무장 공비가 튀어나온대도 어색하지 않을 정도였다.

그 후 대여섯 달 동안 중장비를 불러 터를 닦고 흙을 실어다 돋우고 그 위에 자갈을 깔아 터를 정리했다. 겨우 터를 정리하고 이웃 마당에 쌓아 놓은 세간살이를 옮겨 사위가 쓰던 행사용 텐트를 가져다가 공구며 살림살이를 정리해 놓았다.

그렇게 컨테이너 생활이 시작되었는데 불편한 게 한둘이 아니었다. 밤에는 홑 철판 사이로 스미는 냉기에 덜덜 떨어야 했고, 낮에는 모하비 사막을 건너는 아라비아 상인이 되어야 했다. 그도 그럴 것이 얇은 철판 한 겹이니 말해 뭐하랴.

그래도 주말이면 나는 서울에서, 집사람은 보령에서 그 어설픈 농막으로 은하수를 건넜다. 그것도 둥지라고 찾아와서 고생하는 집사람을 보면 마음이 편치 않았다. 제대로 씻을 곳도 없었지만 제일 불편한게 화장실이었다. 마을 이장님의 배려로 마을회관 화장실을 사용했지만 오가는 거리가 있어 많이 불편했다. 손주 녀석들에게 나는 뭐든 말만 하면 만들어 주는 '맥가이버'였다. 그래서 그랬는지 놀러라도 한 번오면 화장실 만들어 달라고 성화가 이만저만이 아니었다. 하는 수 없이 다니던 직장에 말미를 얻어 컨테이너를 꾸미기로 하였다.

공사를 나 혼자 할 수밖에 없어 힘이 더 들었다. 바닥을 들어내 다시 깔고 수도 배관을 하고 벽에다 단열재를 붙였다. 화장실도 자그마하게 새로 넣고 부엌으로 쓸 공간도 만들었다. 타일도 붙이고 변기며 싱크대도 놓았다. 현장 소장으로 일하면서 시켜는 봤지만, 직접 내 손으로 공사해 본 적은 드물다. 힘이 드니 의지하는 게 술뿐이라 자연히 저녁이면 소주병을 베고 자는 날이 많았다. 또한 밤의 냉기를 이기려면 이 방법밖에 없었다. 불을 피울 수 없으니 더더욱 그랬다.

피곤이 매달려 천근만근 무거운 몸으로 근 한 달 만에 변기며 정화조며 세면대도 붙었다. 순간온수기에 샤워기까지 달았다. 그리고 다가온 주말 농막에 놀러 온 손주들이 할아버지 짱이란다. 나 언제 고생했지요? 아주 잠수함 만들어 달랠 기세다. 즐거워하는 모습에 그동안의 고생이 다 날아가고 기분은 참 좋다. 미니 살림집이 그렇게 어렵사리 태어났다.

내가 농막을 수선하는 동안에 바로 앞에 그리고 옆으로 땅을 사서 새로 집을 짓는 이웃들이 생겼다. 한 분은 포클레인 사업하는 분이었고 다른 한 분은 운수업을 했던 사람이다. 또 이 마을 이장도 집을 거의 같은 시기에 새로 짓고 있었다. 집을 짓다 보면 이것저것 필요한 공구며 잡다한 게 많다. 작은 것도 필요하고 큰 것도 필요하고 공구도 여간 많아야 하는 게 아니다. 이분들이 일하다가 뭐 없다 싶으면 빌리러 오고 또 있으면 달라고 가지러 오곤 했다. 그때마다 텐트를 뒤져서 찾아 드렸더니 앞집 포클레인 사장이 '만능 가제트 텐트'란다. 좀 오래되었지만 〈로보트 형사 가제트〉라는 만화 영화가 있었다. T.V로 방송을 해주던 어린이 프로로 "나오라 가제트 팔!" 하면 팔이 엄청시리 길어지고 "나와라 가제트 헬리콥터!" 하면 머리에서 프로펠러가 나와서 날아다니던 만화 영화다. 뭐든 달라는 대로 다 내주니 '가제트 텐트'라 불러주었다.

나는 그게 좋았다. 뭐든 해줄 수 있어 좋았고 그렇게 이웃을 사귀어 가는 게 더 좋았다. 그렇게 서너 달이 흐른 뒤에는 우리가 형님 동생 하는 사이가 되어버렸다. 먹을 게 있으면 서로 들고 오고 저녁을 같이 먹자고 데리러 왔다. 사람 사는 것 같다. 오랜 옛날 고향에서 느끼던 정을 어렴풋이 여기서 맛보고 있다. 물론 철원에서도 잘 나누며 살았다. '대마리'가 시집인 S 씨는 허구한 날 집 앞에다 농사지은 푸성귀를 가져다 놓고 가곤 했다. 파, 무, 배추, 얼갈이 등등 시장갈 필요가 없게 했다. 또 누나처럼 지내던 한 분은 우리에게 더 못 줘서 서운해

하는 분도 있었다.

사람 사는 건 내가 좀 손해다 싶으면 좋은 거다. 생판 타향이었던 철원이나 예산이나 사람 사는 동네였다. 어찌 살아야 하나 막막했던 마음도 한갓 기우였다. 동네 이장님은 나서서 살길도 알아봐 주고 같이 일도 하자고 했다. 아침이면 기름값 비싸니까 자신의 차로 데리러 오고는 했다. 요즘같이 각박한 세상에 쉽지만은 않은 일이었다. 유유상종이라고 했던가. 흐흐, 내가 그렇게 좋은 사람은 아닌 것 같은데 이웃에 좋은 사람들만 모였다. 뭐 이 정도면 내 인생도 딱히 불쌍한 인생은 아닌 것도 같다.

아침이면 가제트 텐트 곁 내 농막의 창을 열고 떠오르는 아침 해를 바라보며 새의 노래를 듣는 버릇이 생겼다. 무슨 새인지 이름은 하나도 모른다. 다만 울음소리가 다른 것이 한 스무 종류 정도 되나 싶다. 동네가 모두 내려다보이는 자그마한 창문이다. 여명이 마을에 그 긴 옷자락을 펼칠 때가 참 좋다. 구름 사이로 말갛게 기지개 켜는 아침을 바라보면 가슴이 벅차다. 더불어 이름도 제대로 알지 못하는 싱그러운 새들의 노랫소리가 오늘 나를 달리게 한다.

글을 쓰고 있는데 앞집 정숙 씨가 햇반 하나만 빌려? 달란다. 정숙 씨는 포클레인 사장 부인이다. 서방님 굶겨서 일 보내면 안 되는데 밥이 없단다. 나는 "나와라 가제트 밥!"을 외치며 텐트 속에서 '햇반' 두 개를 꺼내고 있다. 이자로 다음에 네 개를 줘야 한다고 다짐은 꼭 해 두었다. ㅎㅎ

당신은 명작

오랜만에 도착한 제주의 공항은 시간이 흐른 만큼 변해 있었다.

흐린 날씨에 비행기가 날개를 못 펼 줄 알았다. 운이 좋다고 해야하나, 복 받았다고 해야 하나, 때마침 날씨가 좋아져서 다행이었다. 까맣던 하늘이 순간 환하게 웃었다.

아마 좋은 사람들과 함께하는 시간이라 하늘이 봐준 것 같다. 도착하자마자 대기하고 있던 리무진 버스에 몸을 싣고 어디론가 가고 있었다. 여자는 듬성듬성 보였지만 돌과 바람이 많은 '삼다도에 온 것이 맞다.'는 걸 느꼈다.

몇 년 전에, 집은 철원에 두고 있었지만 거의 비워 놓다시피 했었다. 이사를 계획하고 있었지만 쉽게 둥지를 옮길 수 없어 미루고 있었다. 차일피일 날짜만 가고 있었는데 안 되겠다 싶어 보따리를 싸 충남 예산으로 이사를 했다. 혼자 짐 꾸리고, 싣고, 힘들었지만 자그마한 내 둥지가 생긴다는 설렘도 있었다. 서울에서 오피스텔을 짓고 있던 나는 준공이 되자마자 이사를 결심했다. 집 떠난 아이들이 명절에라도 한 번 올라치면 거의 초죽음 돼서 들어서기 일쑤였다. 내가 이사를 결심한 가장 큰 이유였다. 가까이 가서 살고 싶었다. 그 마음속에는 자식들 얼굴 자주 보며 살고 싶다는 소망이 깔려 있었지만 말이다.

이사를 하고 나니 막막했다. 농막 생활이 외롭다는 생각은 하지 않았지만, 누구라도 하나 곁에 있었으면 하는 바람이 없는 것도 아니었다. 어느새 날씨가 선뜩선뜩 쌀쌀해지는 초겨울이 되어있었다. 벼르고 별러 어찌어찌 집짓기를 시작해야 했지만 당장 벌이가 아쉬웠다. 서울에 있던 직장을 그만두고 실업급여를 받아 생활하고 있었다. 사람이 할 일 없이 논다는 게 얼마나 힘든 일인지 다시금 느끼고 있었다. 그러고 있을 때 우리에게 땅을 판 분이 동네 이장일도 보고 있었지만 농가 주택을 짓는 회사도 운영 하는 분이었다.

얼어붙은 나뭇가지 어깨 너머로 잎사귀가 실눈 뜨는 봄날이었다. 내 처지가 안쓰러웠던지 좁은 내 농막에 오시더니 같이 일을 해 보자고 하였다. 내가 일을 할 수 있을까 걱정도 되었지만 그러마고 대답을 했다. 거의 평생을 현장 관리자로 일하던 내가 할 수 있을까 다시 걱정이 앞섰다. 그렇게 시작한 일당 일이 여름이 가고 다시 가을이 올 때였다.

인터넷으로 구직을 하고 있던 나에게 전화가 왔다. '성진건설'이란다. 회사 실장님이라면서 면접을 보자는 이야기를 했다. 만남을 약속하고 날짜에 맞춰 회사를 방문했다. 자그마하지만 영리하게 생긴 사장님이 면접관이었다. 몇 가지 질문과 답변이 오간 뒤 다음 달부터 일하기로 했다. 집을 혼자 짓고 있어 시간이 좀 필요하다고 말씀을 드렸다. 두세 달 전부터 홀로 집짓기를 시작했기 때문이었다. 혹여 회사에 피해를 주지 않을까 하는 노파심 때문에 미리 말씀을 드렸다. 웃는 얼굴로 그래도 된다고 하니 마음이 한결 놓였다.

그렇게 시작된 인연이었다. 짧은 시간에 동료에서 식구가 된 사람들과 지금 제주도에 와 있는 것이다. 회사 규모며 커가는 상황 그리고 앞으로의 계획을 조선에서 제일 어여쁜 실장님이 브리핑해 주셨다. 다 같이 열심히 해 보자는 다짐을 외치고 팀별로 게임도 하였다. 지금도 귀에서 이명처럼 들린다. "목"――"캔디" (광고비 안 받았음) ㅎㅎㅎ 우리 실장님 성씨가 '목' 씨라 정해진 우리 팀 구호였다.

저녁에는 바비큐 파티를 한다고 했다. 우리 회사 기둥인 젊은 과장님들이 수고를 했다. 장에 가서 푸성귀며 고기며 음료 및 술을 사 왔다. 제주의 겨울 날씨는 시시각각으로 변해 떠나간 옛 애인들 같았다. 눈 왔다가 바람 불었다가 어느 순간 해가 나고 변덕스럽기가 한 사나흘 굶은 시어머니 뺨친다. 미끄러운 길을 운전하며 다녀온 젊은 과장들이 고마웠다. 나는 뭐 할 게 없을까 고민하다 고기 굽는 작업을 택했다. 나이가 엇비슷한 최모 소장님과 둘이 일일 쉐프를 담당했다. 바쁜 마음에 적당히 구워 줬더니 바짝 구워 달랜다. 역시 젊은이 피들은 거침이 없어 좋~~다.

어떻게 놀았는지 기억이 없다. 기분이 좋아서도 그랬지만 좋은 사람들과 같이해서 그랬을 거다. 무쟈게 마셨나 보다. 아침에 눈을 뜨니 5시다. 아니 새벽 4시 반이 지나가고 있다. 나야 원래 속이 쓰리고 뭐 그런 건 모르고 산다. 하지만 어제저녁에 다들 내일 지구의 종말을 맞이하는 사람들이었다. 아마도 아침에 속이 많이 아플 것 같았다. 집사람과 바람 부는 제주 해변을 걷다가 택시를 타고 제주에서 제일 크다는 동문 시장엘 갔다. 우리 식구들 속풀이 할 게 없나 살폈지만, 너무 이른 시간이라 가게 문이 거의 닫혀있었다. 겨우 생선 가게를 찾아 물만 부어도 제법 맛이 나는 홍합을 샀다. 다시 택시를 타고 눈발이 휘날리는 제주시를 달려 숙소에 도착했다. 아직 6시 반이다.

물을 잡고 홍합을 씻어 넣고 불을 지폈다. 어라? 양념이 별로 없다. 파 조금, 청양고추 조금, 보글보글이다. 원래 홍합이 가지고 있는 맛이 있어 그런대로 먹을 만했다. 식구들이 일어나 한 사람씩 나왔다. 신통치 않은 홍합탕을 시원하다며 먹어줬다. 고맙게끔….

내가 조금 수고하면 옆 사람이 편한 거다. 물론 가정에서도 마찬가지고 회사도 마찬가지다. 처음에는 모두 어색했던 미소들이 이제는 얼굴 활짝 펴고 웃고 있다. 나보다 너를 생각 할 줄 아는 우리 직원들이 고마웠다. 배려해 주는 작은 마음들이 지나간 나를 돌아보게도 했다.

일정표를 보니 말만 '워크샵'이지 순전히 먹으러 다니는 거였다. 맛

있다고 소문난 집만 골라 놓았다. 갈치 통구이 집에 가서 배꼽이 나오도록 먹었다. 살찌는 소리가 뿌드득거리며 귀에 들리는 듯했다. 이런! 밥 먹은 지 얼마나 됐다고 또 먹으러 가잔다. 발음도 잘 안 되는 으리으리한 호텔에 가서 뷔페 먹어야 한단다. 뒤에 앉은 대표님이 많~~이 먹으라고 눈인사를 했다. 어쩌지? 허리띠가 자동으로 풀릴 것 같다. 우리 회사 분위기 메이커인 실장님이 오시더니 샴페인 잔을 높이 들란다.

'찰칵'

인연이란 찰나로 결정된다. 사진기 소리만큼 빠른 시간에 맺고 풀고 헤진다.

그 중엔 좋은 인연도 있고 만나지 말아야 할 인연도 있다. 하지만 난 오늘 무척 귀한 인연과 같이했다. 집사람 얼굴도 다른 때와 달리 편해 보였다. '모두 격이 없게 대해줘서 고맙다.'고 귀띔을 해줬다. 정말, 정말 오랜만에 좋은 사람들을 만났다는 생각이 든다. 지나간 시간을 돌이켜 보면 참 바보였다. 사람 잘 믿고 손해 보고 사업이라고 시작한 점방도 친구를 믿어 망했었다. 새삼 후회는 하지 않는다. 어차피 해결책은 앞에 있지, 뒤에 있지 않다. 뒤를 돌아다 봐서는 절대로 해결이 아닌 후회만 보이니 말이다.

'귀한 인연'

명품을 만들고 싶다. 나 혼자만의 욕심은 아닐 거다.

우리 동네에서는 장가 잘 간 총각처럼 나를 부러워한다. 좋은 회사

다닌다고 은근히 시샘하는 눈초리가 따갑다.

금잔디라는 가수의 '당신은 명작'이라는 노래 중에 이런 가사가 있다.

'아프지 맙시다. 건강 합시다. 잡은 두 손 놓지 말고, 사는 게 힘들때 잡아 줍시다. 세상이 무겁더라도… 한 세상 나머지 여백들도 좋은 추억 채워 갑시다. 행복이 뭐 별거 있나요.'

대성산 처녀 귀신

어느 비 오는 날 밤중에 나는 하얀 소복 입은 처녀 귀신을 만났다.

98년 봄 'ㅇㅇ지역 현대화 공사'로 철원에서 화천을 넘나들며 바쁘게 일하던 때였다. 현장이 집과 상당히 떨어져 있어서 현장 근처에 방을 세 얻어 지내고 있었다. 세를 얻은 집이 식당도 겸하고 있어 인부들 식사 걱정도 한시름 놓았었다. 그런데 현장이 23개소나 되는 걸 혼자 감독하려니 여간 힘이 드는 게 아니었다. 반장에게 무전기를 채워서 각 현장에 내보내고 무전기로 작업 지시를 하면서 공사를 했다. 말이 23개 현장이지 저녁에 다음 날 일정을 계산했는데 조금만 어긋나도 일이 멈추기에 십상이었다.

다행이었다. 인부들이 모두 일도 잘하고 말귀도 잘 알아들었다. 지시하면 다 잘해 놓고 자기들 생각과 다른 건 서로 조율 하면서 일을 해 나갔다. 그러면서 시간이 흘러 여름이 오고 초복이 다가왔다. 복날 닭이나 삶아 줄까 하다가 인부들이 고마워서 이왕 먹이는 거 잘 먹이

자고 생각했다. 무얼 해줄까 하다가 소를 한 마리 잡아 주자고 생각했다. 축협에 가서 물어보니 430만 원 내란다. 그때는 어지간히 큰돈이었다. 취소할까 하다가 큰맘 먹고 잡아 달라고 대금을 치르고 숙소로 돌아오니 거의 밤이었다.

드디어 초복 날 오전만 일들 하라고 했다. 저녁때는 고기나 구워 먹자고 했더니 모두 좋다고 했다. 일할 때는 별로 안 보이더니 먹자고 덤비니 숫자가 엄청 많다. 입이 참 무서운 거구나 다시금 느꼈었다. 400kg이 넘는 소가 두어 시간 만에 뼈와 내장만 남고 전부 뱃속에 저장이 돼 버렸다. 미장하던 팀장이 다가오더니 그런다. 복날 소 잡아 주는 사람은 소장님뿐이 못 봤단다. 하긴 일백만 원이면 될 것을 엄청쓴 거다. 그렇게 복달임을 마치고 하숙집에서 저녁을 먹고 있는데 집에서 급한 연락이 왔다.

딸아이가 매우 아프다는 것이었다. 다행히 술을 많이 먹질 않아서 부랴부랴 달려가는데 그날따라 비가 촉촉이 내려 여름밤이었지만 을씨년스런 날이었다. 강원도, 빨리 달릴 수 없는 험한 산길, 더구나 밤이라 더듬듯이 살살 가고 있었다. 구불구불 양의 창자 같은 도로에 비까지 내리는 상황이라 신경을 바짝 당겨 운전하고 있었다. 칠흑 같은 어둠에 보이는 건 라이트 불빛뿐 괜스레 바퀴 소리에도 등골이 오싹해지는 밤이었다. 막 대성산 자락을 지나고 있었다. 산 중턱쯤에 방울방울 떨어지는 낙수가 샘물처럼 고여 있는 곳이 있었다. 가끔 그곳을 지날 때마다 내려서 목을 축이던 곳이었다. 서울 수돗물과는 비교도 안 되게 맛있는 물이었는데 겨울엔 얼음이 되고 꽃이 펴야 녹으면서 졸졸거리는 곳이다. 아무 생각 없이 넋 놓고 가다가 커브를 돌면서 라이트가 그곳을 딱 비췄는데 순간 온몸의 털이 모두 일어섰다. 그곳에 소복 입은 여자 귀신이 머리를 풀어 헤치고 나를 바라보고 있던 것이다.

나하고 브레이크가 동시에 비명을 지르면서 낭떠러지로 달리고 있었다. 차가 절벽으로 떨어지기 직전에 정신을 차리고 핸들을 돌려 겨우 멈춰 섰다. 불과 찰나의 순간이었지만 참으로 길게 느껴진 0.1초였다. 가까스로 떨어지지 않고 멈추었지만, 다리가 후들거려서 도저히 차에서 내릴 수가 없었다. 아니 귀신 때문에 몸이 얼어붙어 꼼짝도 못했다는 게 솔직한 표현이다. 그런데 더 놀란 건 귀신이 나를 향해 걸어오고 있는 게 보였다. 소복 입은 처녀 귀신이 다가오더니 문을 열려고 손을 내밀었다. 나는 얼른 문을 잠그고 운전대 밑으로 몸을 구겨 넣으면서 숨도 제대로 못 쉬었다. 그런데 뭔 놈에 귀신이 창을 두들기더니 문을 열어 보라는 거였다. 얼마간 시간이 흐른 뒤 겨우겨우 고개를 들고 창밖을 보니 손전등을 손에 든 여자가 빗속에 서 있었다.

대성산 산신령한테 공들이러 온 무당이란다. 하필 비까지 부슬거리는 밤이라 내가 착각을 하고 하마터면 염라대왕 앞으로 직진할 뻔했다. 그 무당도 적잖이 놀라고 나 역시 얼마나 놀랐는지 가슴이 벌렁거리는 걸 가라앉히느라 한참 동안 숨을 할딱할딱거렸었다. 무슨 공을 오밤중에, 것도 비 오는 날 드리는 거냐고 누구 잡으려고 환장을 했냐고 성질을 부렸다. 절벽으로 떨어졌으면 아마 모르긴 해도 중상 아니면 사망이었을 것이다. 죄송하다며 일부러 인적 없는 한밤중에 나온 거라는 무당에게 있는 대로 성깔을 부리고 집으로 가려는데 어찌 된 일인지 차가 제대로 가질 못했다.

다리가 후들거려 가속페달을 제대로 밟지 못하고 있었다. 고개를 내려가는데 오 분이면 되는 길을 아마 한 시간 반은 걸린 것 같다. 가다가 커브만 나오면 등골이 오싹해서 차가 자동으로 멈춰 섰다. 모르긴 해도 수백 번은 그러면서 집으로 갔던 것 같다. 내가 살아온 세월이 얼마 되지는 않지만, 그 밤처럼 놀래 본 기억이 아직 없다. 평소에 공동묘지를 지나면서도 이왕 귀신이 나오려면 예쁜 처녀 귀신이 나오라고 신소리를 했었다. 다시는 헛소리 말라고 처녀 귀신이 벌준 것 같기도 하다. 지금도 가끔, 문득문득, 때때로, 그 밤이 생각나면 온몸에 소름이 쫙 돋는다.

집에 도착해 보니 아이는 그리 많이 아픈 건 아니었고 병원에서도 감기 같으니까 약 먹고 좀 쉬면 괜찮을 거라는 진단이 나왔다. 젖이 일찍 말라 모유를 제대로 못 먹고 자라서 그런지 병균이 스치기만 해도 앓아눕는 약한 녀석이었다. 그래서 더 신경 쓰이고 걱정을 많이 시키는 큰딸이다.

딸을 집에 데려다주고 다음 날 일정 때문에 부득이 대성산을 다시 넘어 현장으로 가야 했다. 시간은 거의 새벽 두 시를 향해 가고 있었지만 비는 그칠 기미 없이 여전히 부슬거리고 있었다. 돌아오는 내내 얼음덩이를 짊어지고 운전을 한 것 같은데 도착해 보니 온몸이 땀으로 흠뻑 젖어 있었다.

우리는 귀신이 없는 거라 생각하며 그렇게 믿고 산다. 하지만 갑자기 눈앞에 '전설의 고향'에나 나올법한 차림새와 딱 맞닥뜨리니까 놀래서 바지가 젖었는지 말랐는지 기억도 안 난다. 아마 조금 샌 것도 같다. 온몸에 털이 모두 꼿꼿하게 일어서서 선 채로 기절한 밤이었으니 말이다.

"대성산 처녀 귀신께 부탁드립니다!

공을 들여도 대낮에 하세욧!!! 간이 조그마한 사람은 진짜 구천을 떠도는 귀신 됩니다."

묘향산 한의원

왜 이러지?

속이 더부룩하고 앞머리가 어지러운 증상이 삼 일째다. 약을 먹어도 소용이 없고 바늘로 손가락을 따서 피를 짜내도 체기가 가시지를 않았다. 먹은 거라고는 맥주 두어 잔뿐인데 왜 이러지 슬슬 걱정됐다. 아주 가 버리면 상관없지만 뇌출혈로 고생하면 가족들에게 할 짓도 아니고 자칫 구박덩어리 될까 두려운 맘이 들었다. 그러던 차에 양주에 사는 둘째 딸이 집에 와서 내 이야길 듣더니 알려 주었다. 그 전부터 집에만 오면 저 사는 동네에 용한 한약방이 있다고 했었다. 그 한약방 원장님이 북에서 내려 온 '새터민'인데 아주 용하다고 했었다. 침도 잘 놓고 진료도 잘한다고 했다. 그러니 한번 가보라며 입에 침이 마르도록 칭찬을 했다. 거기에 더해서 집사람이 두어 번 갔다 오더니 편을 들었다. 그러면서 아주 기막히게 잘 낫는다고 한번 같이 가자고 성화를 댔다. 얼마나 용한지 오늘 가보자고 내가 먼저 길을 나섰다.

가면서도 한의사가 잘 해봐야 얼마나 잘하겠나 반신반의하며 길을 나섰다.

도착해 보니 점심시간이라 그런지 한의원은 텅 비어 있었다. 점심을 먹고 들어가서 그런지 딱히 어디 갈 데도 없고 소파에 앉아 기다리기로 했다. 소파에 앉아 유리가 덧깔린 차 테이블을 무심코 보았다. 그 속에는 최수종이며 박은혜, 남희석 등 텔레비전에 나오는 누구나 알만한 연예인들 사인(sign)이 있었다. 멋지게 쓴 사인 종이가 테이블 유리 밑에 진열돼 있었다. 모두 건강을 책임져 줘서 고맙다는 내용이었다. 그걸 보면서 언젠가 탈북한 사람들이 출연하는 모 방송프로그램이 생각났다. 북에서 내려온 삼 형제 한의사가 언뜻 머리를 스쳤다. 혹시 하는 생각을 하며 기다리는데 간호사들이 식사를 마치고 들어오고 있었다. 접수하는데 간호사가 말했다. 나는 처음 그 한약방을 찾은 환자라 원장이 직접 진맥을 해야 한단다. 그래야 치료를 할 수 있다고 했다. 그래서 조금 기다리고 있는데 간호사가 오더니 나를 원장실로 데리고 갔다. 원장실 문을 열고 들어서면서 속으로 '맞구나' 했다. 텔레비전에 나왔던 그 삼 형제 중 한 사람이라는 걸 금세 알아봤다. 그런데 그 원장님이 초롱 한 눈동자로 나를 빤히 쳐다보더니 말했다.

"철원에서 오셨습니까?"

"네"

그럼 혹시 하면서 본인 의자 뒤에 서 있던 책장에서 나의 두 번째 시집 『묵은지와 겉절이』를 꺼내 왔다. 그러더니 접어놓은 한 페이지를 펼쳐 보이며 작가가 맞느냐고 물었다. 그렇다고 하니까 빙긋이 웃더니 책을 읽다가 동무라는 말이 나와서 깜짝 놀랐단다. 그중에 이 詩가 제일 좋아서 접어놓았다며 '동무'는 북에서나 쓰지 남에서도 쓰냐고 물었다.

'나 어릴 적엔 남쪽에서도 친구 대신 동무라고 불렀으며 동무라는 말을 지금은 사용해도 괜찮습니다.'라고 답해 주었다. 암울하던 시기에 조작된 간첩단이 많았었다. 선거 때만 되면 어김없이 체포됐고 또 다들 그렇게 믿던 시대였다. 그때는 동무라는 말만 잘못해도 어둠으로 끌려가 치도곤을 당하던 시대였다. 철모 쓰고 대통령을 하던 시대말이다. 각설하고, 굴러가게 생겼지만, 뭐든 남 주는 데는 '물 찬 제비' 같은 집사람이 자기 수필집하고 내 시집을 벌써 그 한의사분에게 가져다준 것이었다.

담소가 끝나고 신중하게 진맥을 하더니 체기가 있으니 시원하게 해드리겠다고 하는데 오래된 친구같이 듬직하게 믿음이 갔다. 약을 한알 먹으라고 주더니 번개같이 침을 놓았다. 한 삼십 군데 침놓는 시간이 불과 2분 정도 걸렸다. 마누라가 가져다준 내 시집 때문에 정량보다 한 열방은 더 맞고 있다는 생각이 불현듯 들었다. 때아닌 침 호강??을 하고 있다는 생각도 들었다. 아무리 남의 살이지만 배에다 한 자짜리 침을 끝까지 꽂아 넣는데 한 치의 망설임이 없었다. '죽기밖에 더 하겠냐' 그러면서 포기하고 누워 이를 악물어 참고 있었다.

그 순간 갑자기 우리 문학반 선생님이 하던 이야기가 생각이 났다. '많이 아는 사람에게 질문을 하면 답이 간단하지만 잘 모르는 사람은 주절주절 말이 많다.'고 했었다. 이곳 원장님도 실력이 있는 분임에 틀림이 없다. 침놓기를 손오공이 여의봉 휘두르듯 거칠 것 없이 팍팍 찌르는 걸 보면 충분히 알 수 있었다.

　진료가 끝나고 약을 받고 그 원장님과 사진도 두 장이나 찍었다.

　그러면서 그분을 모델로 글을 써도 되냐고 물으니 흔쾌히 그러란다. 다음에 오마고 인사를 하고 나오며 생각했다. 죽음을 각오하고 갖은 고생 다 하며 탈북을 한 사람이다. 실력이 없으면 이곳에 뿌리내리지 못했을 거고 찾는 환자가 저리 많지도 않았을 것이니 나도 믿어보자.

　양주 묘향산에 가면 텔레비전에서 보던 한의사가 있다.

　북에서 내려온 사람이지만 무섭지도 않고 통역도 필요 없다. 웃는 모습은 장난기 가득하지만 내 보기엔 실력이 만만치 않은 사람이다.

　여러분도 어디 쑤시거나 소화가 안 되거나 허리가 아프면 한 번 들려보시라. 용하고 멋진 한의사와 친절한 간호사들이 아프지 않게 해줄 것이다.

　그곳에 다녀온 날 저녁 체기는 사라지고 속이 편해졌다.

　"저 말임네까? 그 원장동무 덕분에 김장 배추에 돼지고기 쌈 싸 먹고 있수다래."

상허 이태준과 까칠 선생님

　내가 살던 강원도 철원에는 유명한 곳이 많다.

　우리나라에서 제일 긴 '직탕폭포'도 있고 매월 김시습이 유배 생활하던 '매월대'며 한국전쟁 때 만들어진 '노동당사'와 '승일교'도 있고 철 불상으로 유명한 '도피안사' 등 관광지가 많다. 이 멋진 동네에 내가 평소 존경하는 사람이 있다. 둘이면서 하나같은 분, 철원에서 태어나 단편 문학의 완성자라 불리는 '상허 이태준' 선생과 고향에서 문학을 가르치며 향토 발전에 고심하고 연구하는 시인이며 문학반 선생이신 '까칠 정춘근' 선생이다.

　이 두 사람은 어쩌면 하나라는 생각이 자주 든다. 그도 그럴 것이 우리 '까칠' 선생은 '상허' 선생을 다시 살려내려는 노력이 대단하다. 이태준문학관 건립에 모든 걸 걸었다 해도 과언이 아닐 정도로 상허 선생의 업적을 알리는데 불철주야 여념이 없다. 그래서 우리 문하생들도 문학관 건립이 요원한 꿈같은 꿈이 되었다. 이 까칠 선생은 상허

라면 물불을 안 가린다. 기운이 없다가도 상허 선생 이야기할 때 보면 불로초를 다려 드신 것 같다. 어찌나 열심인지 보는 우리가 피곤할 정도다. 간혹 누가 눈치 없이 까칠 선생 앞에서 이태준 욕이라도 했다간 모르긴 해도 오동나무 관 속을 구경하게 될 정도다. 그 정도로 상허 이태준에게 푹 빠져 사는 분이 까칠 선생이다.

길 위의 인문학을 비롯한 상허 선생 세미나도 열고 이태준 문학제도 주관한다. 상허 선생 단편집으로 연극 대본을 만들어 매년 문학 행사 때마다 수준 높은 연극을 무대에 올리기도 한다. 지역 문화 복지센터에 상허 선생 작품 '촌뜨기'에 나오는 인물들로 동상을 만들어 세우는데 무척 공을 들인 분이다. 그중 글의 주인공인 '장군이'는 나랑 비슷하다는데 나는 절대로 동의 할 수 없다. 내가 더 잘 생겼다고 우리 옆 지기가 자주 말을 해주기 때문이다.

어디 그뿐이랴. 철원에서 문학에 관심 있는 학생이며 지역 어른들을 모시고 백일장도 열고 문학기행도 잘 다닌다. '정지용'이며 '서정주' 등 문학관 견학도 빼놓지 않는다. 뿐만 아니라 서울에 있는 '길상사'에 가서 '자야'와 '백석'의 사랑방을 엿보기도 하고 법정 스님의 '무소유'를 구경시켜 주기도 한다. 그 모든 이야기가 결국에는 상허 선생으로 기막히게 마침표를 찍지만 말이다. 이런 정 선생의 행동을 보면서 생각한다. 자기 꿈을 다 피워보지 못하고 납북되어 지금껏 생사가 불분명한 사람이 있는데 바로 상허 이태준 선생이다. 그 상허 선생이 까칠 선생으로 환생한 건 아닐까 하는 의심이 문득문득 든다. 비단 나만 가지고 있는 의심은 아닐 것이다.

문학반 학생들이 붙여 준 별호가 '까칠'이지만 내가 보기엔 전혀 까칠하지 않다고 생각한다. 가끔은 당신의 가슴에서 넘쳐나는 정을 보기 때문이다. 그 일 예로, 집이 가난하거나 여자라는 이유로 우리글도 못 배운 지역 노인들이 제법 많다. 그 어른들에게 십수 년 한글을 가르치는 봉사를 하고 있다. 산천이 여러 번 바뀌는 세월 동안 변함없이 봉사해 왔다. 그 건 사람에 대한 따뜻한 마음 없이는 불가능한 일일 것이다. 그래서 난 '까칠'이라는 별호를 인정하고 싶지 않다. 그러나 기왕지사 붙여진 호이니 여기선 까칠 선생이라 불러 본다.

나 역시도 까칠 선생 제자다. 난 문학에 관심만 있었지, 아무것도 모르는 '무지렁이'이었다. 그러다가 우연히 선생을 만나 詩라는 것에 실눈을 떠가고 있는 그의 문하생이다. 가끔 내가 글을 써서 선생에게 보여 드리는 건 딱 한 가지 이유다. 잘 드는 선생의 칼로 내 글을 재단하는 게 좋다. 내 글뿐 아니라 내로라하는 우리나라 유명 시인들의 글도 그의 칼날 앞에 너덜너덜 찢겨 나가는 걸 한두 번 본 게 아니다. 그래서 난 그의 칼을 사랑하며 그에게서 문학을 배우는 게 자랑스럽다.

우리 문하생 중에는 상허 선생을 존경하듯 그를 존경하고 좋아하는 제자들이 많다. 어떤 이는 까칠 선생의 손길 한 번, 눈길 한 번에도 세상을 다 가진 듯 행복해하는 사람도 있을 정도다.

오늘도 '상허 이태준과 길 위의 인문학'이라는 현수막이 걸린 교실에서 까칠 선생과 일주일에 한 번씩 하는 공부를 하고 나오면서 어설픈 내 글을 보여 드렸다.

"내면의 이야기는 쓰다 보면 모두 비슷해집니다. 외적인 글을 써보세요."

'까칠 정춘근' 선생의 칼질에 다시금 고마움을 느끼며 덕분에 난 원고지 한 칸씩 생각이 발전하고, 느리지만 내 글도 나무 자라듯 시나브로 커가고 있다는 걸 느낀다.

끝으로 '상허 이태준 선생'에게 미친 사람이라 해야 옳으나 어찌 보면 전생의 이태준이 이승에 환생한 듯한 '까칠 정춘근' 선생의 오랜 건강을 손 모아 빌어 본다.

선생님의 자리

"가정방문 오신대요."

나 어릴 적에는 새 학기가 되면 담임 선생님은 하루에 몇 집씩 맡아 기르는 학생들 형편을 살피려 가정방문을 했다. 둘러보시며 파악을 하셨을 게다. 가정이 화목한지, 사는 형편은 어떤지 속속들이 보시고 가셨을 것이다. 어떤 선생님은 집에 텔레비전이 있느냐, 냉장고가 있느냐, 손을 들라는 분도 간혹 계셨다. 사는 형편으로 등급을 나누시진 않았을까 짐작을 한다. 선생님이 가정방문을 오시면 지금으로 따지면 대통령보다 더 높은 검찰 총장님 대접을 했다. 있는 거라고 해 봐야 풀뿌리였지만 그래도 저녁 한 끼 대접해 보내는 게 예의라고 생각했었다. 그렇게 선생님의 존재는 귀하고 어려운 분이었다. 모두 어렵게 살던 시절, 행주치마에 두 손 모은 부끄러운 인사가 말로 다 하지 못하는 존경이었다. 선생님 중에는 옥수수죽을 끓여 도시락에 나눠 주시던 분도 있었고, 육성회비 안 냈다고 집으로 쫓아 보내는 선생님도 있었다. 그러나 선생님은 무조건 무섭고도 다정한 존재였고 선생님이 걸어오시는 발자국소리만 들려도 교실은 쥐 죽은 듯 조용했었다.

잘못하면 회초리 맞는 게 당연시되던 때였다. 공부를 못하거나 수업 시간에 딴짓하다 간 여지없이 회초리를 맞았다. 행여 회초리 맞았다고 집에 가서 어머니께 이르면 '니가 잘 못 했으니까 맞았지 이놈아' 하시면서 또 부지깽이 날아오기 일쑤였다. 그렇게 회초리 맞으면서 공부를 했어도 다 장성하고 훌륭한 사람도 되고 그렇다. 옛날 아버지들이 지금 아버지보다 잘해서 존경을 받은 게 아니다. 어머니가 아버지는 무조건 존경의 대상으로 만들었으며 그렇게 가르쳤다. 아버지보다 먼저 수저 들지 말거라. 아버지 오시면 나가서 인사드려라. 아버지 몸은 타 넘어서는 안 된다. 그렇게 가르치신 거다. 그래서 아버지가 자식들에게 존경을 받은 거다. 아버지가 뭐 잘해서 그런 게 아니다.

그런데 지금의 세태는 어떤가. 학생을 때렸다고 어머니가 쫓아가서 학생들 빤히 보는 교실에서 선생님 귀싸대기를 때리는 세상이다. 그때는 감히 상상도 못 할 일이었다. 물론 내 자식이 귀하고 으뜸인 건 안다. 옛날 부모라고 해서 내 자식이 귀하지 않았을까. 자식들이 많으니까 한 놈쯤 죽어도 좋다고 생각했을까. 아니었을 것이다. 그때도 귀한 존재였겠지만 귀할수록 회초릴 들라는 어른들 말씀이 있었기 때문일 것이다. 그때라고 자식 종아리에 피멍이, 회초리 자국이 안 아팠을까. 그만큼 선생님을 믿고 존경했기 때문은 아니었을까 생각한다.

뉴스 시간에 선생님 뒤에 벌러덩 누워서 사진 찍는 놈이 나온다. 참 한심한 세상이다. 저따위로 자식 공부시켜서 퍽 효도 받겠다. 아무리 선생을 지식이나 파는 사람쯤으로 생각했어도 그렇지 저 녀석 부모는 대체 무얼 하는 사람들인지 심히 궁금하다. 혹여 만나면 자식 참으로 잘 기른다고 한마디 해주고 싶은 마음이다. 요즘은 간혹 학생을 벌주려고 손이라도 치켜들면 사진기가 수십 대 등장 한단다. 학생들이 핸드폰 카메라부터 들이댄단다. 이러하니 선생님들 권위가 땅바닥에 구르는 휴지만도 못한 거 아닌가. 선생님이 칠판에 문제를 쓰는 시간에 뒤에서 벌거벗고 장난치는 놈이 있다. 그걸 또 동영상으로 찍어 자랑하는 놈이라니 공부나 제대로 하겠는가, 월사금이 아까운 녀석들이다. 저것들이 커서 과연 무엇을 할 것인가 사회악이 되는 거다. 종기 같으면 도려내 버리면 그만이지만 저 화상들은 어째야 좋겠는가.

어느 해던가 자식이 부모를 죽였다는 뉴스가 나왔었다. 그것도 고아를 양아들로 받아들여 외국 유학까지 보냈는데 용돈 안 준다고 몰래 귀국해서 양부모를 살해했다는 끔찍한 뉴스 말이다. 어쩌면 자업자득 아닐까 싶다. 귀하게 키워서 그런 거다. 자립심이라고는 눈곱만큼도 안 길러주고 뭐든 말만 하면 다 들어줘 그럴 거다. 저 자신이 으뜸이라는 생각으로 자라서 그럴 거라고 생각한다. 아니면 빠르게 변하는 세상 탓일지도 모르겠다. 인터넷이라는 것이, 애들을 그렇게 만들지 않았을까 싶다. 게임이라는 것이 온통 칼로 베고 총으로 쏘고 죽이는 것뿐이 없다. 매일 그렇게 컴퓨터 게임을 하면서 살인에 둔감

해지는 것은 아닐까? 폭력이 정당하다고 마음속에 자릴 잡지는 않았을까? 집에서 기르는 강아지도 제 밥 주는 주인은 알아보고 짖지도 않는다. 하물며 사람이라는 종자가 그럴 수는 없는 것이다. 은혜를 원수로 갚아도 유분수지 가슴이 답답해지는 소식이다. 괜히 은혜 갚은 두꺼비 이야기가 입에서 입으로 수백 년을 전해지겠는가.

  하루는 휴일이라 시간이 남아 친구 집에 놀러 갔었다. 무료한 시간에 고스톱을 친 적이 있다. 친구 넷이서 술상 옆에 끼고 하하 호호 고스톱 놀이 삼매경에 빠져있었다. 그런데 한 친구의 늦둥이로 태어난 다섯 살짜리 아들 녀석이 들어온다. 태권도 학원엘 다니는 녀석이다. 들어오면서 인사도 없는 것이 적잖이 메스껍다. 제 아빠가 '아이구 우리 아들 잘 갔다 왔어.' 그러니까 다짜고짜 제 아빠 뺨을 주먹으로 후려갈긴다. 더 가관인 건 친구 녀석이다. 주먹으로 한 대 맞은 그 녀석 '어라 우리 아들 주먹이 많이 세졌네' 그런다. 말하는 본새가 평소에 여러 번 맞아 본 놈이다. 화가 나서 화투판을 엎어 버렸다. 자식 새끼 잘 키운다고 내가 역정을 냈다. '그렇게 키우니까 나중에 가슴에 칼 맞는 거야 임마!!' 내가 식식거렸지만, 그 녀석 아무렇지 않다는 듯 어화둥둥 이다. 귀여울수록 엄하게 키우고 인성도 가르치는 거다. 난 그렇게 생각한다. 어디 감히 제 아비 얼굴에 주먹질을 한다는 말인가. 어릴 때 한걸 나이 들면 안 할까, 주먹질이 칼질 되는 거 순식간이다. 그걸 좋다고 '아이구 내 새끼' 안아주는 저놈이 덜떨어진 놈이지 싶었다.

가정에서 그따위로 가르치니 학교 가서 선생님하고 일대일로 하자는 놈이 나오는 세상이다. 선생님에게 주먹질을 하다니 참 그 어미, 애비가 한심한 종자다. 남자답게 일대일을 하는 건 건달이나 하는 거다. 삶의 지팡이이며 가르침을 주는 선생님에게 할 짓은 아니다. 누구 탓일까, 기성세대의 잘못이 분명하다. 돈이면 다 되는 이 사회의 잘못이며 남 탓만 하는 정치의 부재이며 가십거리만 베껴내는 언론의 잘못이다. 돈벌이만 된다면 무얼 해도 상관없는 세상, 힘들지 않고 살겠다는 사기꾼이 득실대는 세상이라 그런다. 또한 죄에 대한 벌이 약해서 그런다. 선생님께 대들면 치도곤을 내야 한다. 부모에게 대들어도 마찬가지다. 애들이라고 봐주고, 돈 많다고 봐주고, 권력 있다고 봐주는 난장판이기 때문이다. 잘못을 저지르면 따끔하게 혼내야 맞다. 그래야 다음에 안 할 거 아닌가. 나 어릴 때는 아무리 비가 많이 오거나 눈이 와도 부모들이 차 태워다 준 적 없다. 물론 차도 없었다. 지금처럼 차도 흔하지 않았지만 있다 하더라도 태워다 주고 그러진 않았을 거다. 그렇게 한가한 사람이 없었다. 농경 사회였기에 새벽부터 학교 가는 일보다 더 바쁜 일이 많았다.

지금은 너나없이 하나 아니면 둘을 낳아 기르는 게 대다수다. 거기다 아이 교육비 때문에 또 집 살 돈이 요원하기 때문에 결혼을 포기하는 젊은이들이 많다. 우리 집에도 두 녀석이나 있다. 섣불리 장가 안 가냐고 하면 '명절도 아닌데 왜 그러세요?' 그런다. 듣기 싫다는 말인 거다. 그렇게 이런저런 이유로 아이들이 줄어드는 세상이니 왜 아니

귀엽고 금쪽같지 않을까. 내가 일하는 공사 현장 바로 앞에 올봄에 새로 생긴 유치원이 있다. 아이들 등원 시간이면 큰 회사 간부나 정부 기관장들이 출근하시는 것 같다. 차로 모셔 와서 손잡고 교실에 들어가 앉혀놓고 나오는 거다. 그것까지는 이해가 간다. 요즘 세상이 얼마나 무서운가. 등하굣길에 사고를 당해 아까운 생명이 얼마나 많이 스러지는가. 안타깝고 안타까운 일이다. 세상이 그러니 귀한 자식 등하굣길 안전하게 데려다주는 것까지야 뭐라고 말 못 하겠다. 하지만 집 안에서는 그러지 말아야 한다고 생각한다. 잘못하면 가슴이야 아프겠지만 회초리도 치고 꾸중도 해야 한다. 이래도 흥 저래도 흥 그렇게는 기르지 말 길 바란다.

외람된 말이지만 내 손주 녀석들은 안 그런다. 누구를 보든 먼저 인사한다. 지나가는 사람이라도 '안녕하세요'라고 먼저 인사를 한다. 그렇게 가르쳤기에 말대꾸 한번 한 적 없는 아이들이다. 학교에서 선생님께 꾸중 들었다고 고자질하면 더 혼을 내준다. 네가 잘못하니까 그런 거라고 말이다. 나 역시 배운 대로 하는 거다. 우리 모두 선생님을 조금이나마 존경하는 마음을 갖고 사는 것이 필요할 때라고 생각한다. 최소한 선생님이 서 계신 교단에 삐딱하게 누워 사진을 찍는 놈은 없어야 하지 않을까. 선생님이 회초릴 드시면 카메라부터 들이대지는 말아야 할 것 아닌가 싶다. 요즘에는 선생님의 자리가 없다. 내 자식 자리밖에 없다. 좀 더 사회가, 국가가, 가정이 선생님의 자리를 넓게 펴 줄 때라고 생각한다.

전화기 어디 갔지?

"나머지 이야기는 내일 하자!"

거의 한 시간을 넘어 두 시간 가까이 이야길 하고 끊는 두 자매의 마지막 말이다.

거의 매일, 적으면 두세 번 아니면 대여섯 번씩 통화한다. 그런데 무슨 할 말이 그렇게 샘솟는지 나는 이해가 가질 않는다. 부산과 예산으로 떨어져 사는 자매의 정이려니 생각하고 이해를 한다. 그런데 나이가 들어가면서 집사람도 나도 건망증이 조금씩 심해지고 있다. 가끔씩 분명히 잘 알던 배우 이름이 하얗게 생각이 나질 않을 때가 있다. 잘생긴 배우 이름은 진짜로 생각이 안 난다. 머릿속에서 뱅뱅 맴을 돌지만, 입 밖으로 나오지 않을 때가 있다. 정말이지 '내가 왜 이럴까? 늙어가나 보다' 생각할 때가 많다.

하루는 출근길에 주차장에 차를 대놓고 소지품을 꺼내 들고 사무실로 걸어가다가 문득 '아차 휴대폰을 차에 두고 왔구나' 생각했다. 다시 주차장을 향해 한참을 걸어가다가 문득 손을 보니 손에 버젓이 휴대폰이 들려 있다. 되돌아오면서 쓴웃음이 입가에 번졌다. 직장 때문에 주말부부로 지내는 터라 주말에 집에 와서 그 이야길 했다. 그랬더니 집사람이 막 웃으면서 '있지 내 이야기 들어 봐.'하면서 자기 이야길 한다. 집에서 혼자 있으면 심심하고 가정에 보탬이 되려고 한다며 둘째 딸 사무실에서 일을 하는 아내다.

이야기인즉 엊그제 일 나가려고 출근 준비를 하고 집을 막 나서는데 부산 사는 동생한테서 전화가 왔더란다. 한참을 이야기하고 문을 잠그고 차를 탔는데 전화기가 없는 게 생각이 났단다. 그래서 전화를 하던 동생에게 '내 전화기가 없다.' 그러니까 우리 처제 이야기가 더 가관이다. '언니 방이랑 부엌에 가서 찾아봐.' 그러더란다. 그래서 다시 문을 열고 들어와서 방도 뒤지고 부엌도 뒤지고 그래도 없더란다. 결국 '얘 설자야 아무리 찾아도 없다.' 그랬더니 그때서야 '언니 지금 나랑 통화하잖아.' 그러더란다. 그러면서 아내가 처제 흉을 본다. 아니 통화 하면서 전화기가 없다고 그러면 '지금 나랑 통화하잖아.' 그래야 맞는단다. 그런데 글쎄 나보고 찾아 보래 그러면서 웃는다. 누가 누구 흉을 봐야 하는 건지 참 모를 일이다.

또 하루는 전화기 잡은 손 새끼손가락에 집 열쇠를 걸어놓고 통화를 했단다. 집을 나서서는 문을 잠그려고 보니까 열쇠가 없더란다. 그래서 처제에게 '애 집 열쇠가 없다.' 그러니까 부산 사는 처제가 '차 속에 있나 찾아봐.' 그러더란다. 그래서 차로 가려고 돌아서는데 '어?? 내가 분명 어제 저녁때 문을 열고 들어온 거잖아. 차에 두고 온 건 아니지 않나.' 생각이 들어서 또 한참을 방을 뒤지며 처제와 통화를 했단다. 그런데 볼 옆에 뭐가 자꾸 부딪치더란다. 새끼손가락에 걸려 달랑거리며 '나 여기 있지롱!' 하며 열쇠 꾸러미가 박장대소를 하더란다.

배스 낚시를 좋아하는 나는 오늘 새벽같이 일어나 날 뜨겁기 전에 잠깐 하고 와야지 생각하고 집을 나섰다. 저수지에 갔더니 태풍이 온다는 소식 때문인지 저수지 물을 거의 바닥까지 빼놓았다. 이러면 물고기가 예민해져서 거의 상류로 올라가거나 물풀에 숨어서 먹이를 잘 먹지 않는다. 그래도 이왕 나왔으니 던져나 보자. 놀다 가자. 생각하고 두어 시간을 낚시하다가 시장기가 들어 집으로 왔다. 나 배고파하니까 잠시만 기다리라며 부엌으로 간다.

'어마!! 웬일이래~ 아까 분명 취사 버튼을 눌렀는데 왜 안 켜져 있지? 날 보고 묻는다.

그러면서 한 삼십 분 걸리겠단다. 배에서 베트남 전쟁 난 것 같아 '커피나 한잔 타 줘' 했다. 날 따라와서 없는 살림에 자식들 뒷바라지 하느라 진이 다 빠져서 저러지 않나 생각이 들어 안쓰럽다.

또다시 멀고 긴~~ 전화벨이 울린다. 대화 내용이 분명 부산 사는 처제 전화다. 옆집 할머니 이야기부터 아이들 이야기 그리고 서방님 흉보는 이야기 또 두 시간은 갈 거다.

아무래도 오늘 아침은 굶을 것 같은 불길한 생각이 들었다. 그렇다고 끊으라고 했다가는 밥도 굶은 상태로 잔소리 한 바가지 날아 올 게 뻔하다. 정말 이해되지 않는 게 있다면 매일 그 오랜 시간 전화를 하는데 무슨 할 말이 그렇게도 많은지 정말, 정말, 한사코, 어김없이 모르겠다. 하루는 '무슨 할 말이 그리 많으냐.'고 물어봤다. 그랬더니 이야기는 하면 할수록 하고 싶은 말이 많아지고 대화를 안 하면 점점 할 말이 없어진단다. 가만히 생각해 보니 맞는 말인 것 같기도 하다. 우리 집사람의 전화 이야기 철학이다. 선문답 같은 말 한마디 던져놓고 또 전화기를 누른다. 삐삐삐삐….

이야기는 구름을 타고 바람에 실려 예산에서 부산으로 날아가고 있다. 세 시간짜리 이야기다.

오래 기다린 아침을 먹는다. 그런데 찌개 맛이 이상하다. 뭔가 좀 부족한 것 같은데 뭔지 모를 그런 맛이다. 생각해서 끓여 온 오리볶음 탕 맛이 내 맛도 네 맛도 아니다. 내 얼굴이 안 좋아 보였는지 '왜? 맛이 없어?' 그런다. 그러면서 한 숟가락 먹어 보더니 배시시 웃는다. 자기가 먹어봐도 맛이 이상한가 보다. 그러더니 '소금으로 간을 한다는 게 설탕 넣었나 보네.' 그러면서 간을 하고 다시 끓이면 맛있어질 거라고 두 번 세 번 내 대답을 기다리며 빤히 쳐다본다. '그려 맛있을

거여.'

내 얼굴 안 잊어버리는 게 어디냐. 어느 날 집에 왔는데 누구냐고 나가라고 112 신고한다고 난리 치지 않는 게 어디냐. 다 내 복이지 뭐.

전화 오래 하는 건 괜찮다. 건망증이 더 심해지지 않았으면 하고 바란다. 요즘 치매 때문에 고통받는 가족들을 주변에서도 많이 볼 수 있다. 얌전한 치매 환자도 있고 밥을 잡숫고 돌아서서 밥도 안 주는 나쁜 년이라고 욕하시는 분도 있다. 강 건너 남의 이야기가 아니다. 우리 장모님도 치매에 걸려 요양병원에 계셨는데 그놈의 코로난지 뭔지 때문에 면회도 안 됐었다. 잘 계시는지 마르지나 않으셨는지 그저 마음 걱정뿐이었다.

전화기를 들고 집사람이 밖으로 나간다. 그런데 문 잠그는 소리가 철컹철컹 들린다. 헉~ 우리 집 열쇠는 자물통이라 안쪽에선 열 수가 없는데 큰일이다. "여보! 여보! 나 집 안에 있어~ 문 열어 줘~~!!!

3

꽃
피던
시절

가족이라는 건

하늘이 맺어 준 인연이라 생각한다.

그래서 하늘이 나에게 보낸 우리 며느리가

더 예쁘고 사랑스럽다.

그리고 욕먹으면 오래 산다고 했다.

그러니 뱃속부터 욕먹은 우리 민서, 예서 쌍둥이는

정말로 오래오래 잘살 거라는 말로

미안함을 대신해 본다.

- 본문 중에서

나의 애인들

일찍이 중학교를 졸업하자마자 애인 다루는 법을 선배들로부터 배웠다.

말을 안 들을 때 대처하는 방법, 아플 때 위로하는 방법 등을 어림잡아 1년 정도 사사 받았던 걸로 기억한다. 그러나 나이가 어린 탓도 있었고 경제적인 것도 있어 애인은 쉬 구하지 못했다. 애인을 만들면 관리비가 많이 들었다. 얼굴이 예쁠수록 관리비는 비례해서 많이 드는 걸 주변 사람들에게서 많이 보았다. 그런 이유로 애인을 구한다는 건 나에게는 요원한 일이었다.

어느 봄날 아지랑이 아른대는 그 날, 산과 들에 꽃이 만발한 날이었다. 남의 애인을 부러운 눈으로 바라보기만 했던 시간이 지나고 드디어 나에게도 애인이 생겼다.

그녀는 약간 속살이 비치는 옷을 입고 있었고 눈동자가 유리처럼 맑았다. 머리도 좋을 것 같고 아담하면서 참 어여뻤다. 계약 연애가 유행하던 때였다. 삼 년을 약정하고 만난다는 것이 마음에 걸렸지만 그래도 좋았다. 서로 마음에 들면 계약은 얼마든지 연장하는 걸로 계약서에 도장을 찍었다. 비록 계약 관계였지만 우리는 한시도 떨어질 줄 모르고 같이 다녔다. 바닷가를 가도 같이 가고 산을 가도 같이 갔다. 눈이나 비가 오면 우리는 꼭 끌어안고 헤어질 줄을 몰랐다. 남들의 시샘 어린 시선은 아랑곳하지 않고 마냥 붙어 다녔다. 그녀의 몸에 먼지나 티끌만 붙어 있어도 난 털고 닦고 정성을 다했다. 아마 첫정이라 더 유별나게 그랬다고 생각한다.

누구나 첫사랑은 기억에 오래 남는다고 했다. 그렇지만 첫사랑은 쉽게 이루어지지 않는다고도 했다. 어른들 말씀이 틀리는 게 하나도 없었다. 그녀도 아픈 상처만 남기고 만난 지 일 년 반 만에 내 곁을 떠났다. 알 수 없는 게 여자의 마음이란다. 그 애인은 싸늘하게 뒤도 돌아보지 않고 다른 남자의 품으로 달려가 버렸다. 그녀의 이름은 알파벳 D로 시작하는 여인이었다.

얼마 지나지 않아 나를 많이 이해해 주는 나이 든 애인이 다가왔다. 이름은 H로 시작하는 여인이었다. 얼굴이 좀 창백해 보였고 여기저기 상처가 있었지만, 마음에 들었다. 상처야 내가 보듬고 약을 바르면 나을 것이라 생각했다. 제일 좋은 점은 그녀와 있으면 편하다는 것이었다. 처음과 달리 다른 남자와 연애 경험이 있는 애인이었지만 편해서 좋았다. 전 남자친구에 대해서는 단 한 번도 묻지 않았고 그녀도 그 남자에 대해선 말이 없었다. 그냥 그녀의 몸에 여기저기 상처가 있는 걸로 보아 '아껴주지 않았구나'라고 짐작을 할 뿐이었다.

좋았지만 시간이 흐를수록 누가 먼저라고 할 것도 없이 서로 식어 갔다. 거의 매일 아프다는 소리에 나도 조금씩 지쳐 갔다. 속이 아프다고 하질 않나 발목이 시리다고 하질 않나 아픈 데가 한두 군데가 아니었다. 어느 날은 축농증이 심해 병원에 가서 코 수술도 한 적이 있다. 무슨 일인지 걸핏하면 신발에 못이 박혀 구둣방엘 다녔다. 그러다 더는 못 견디고 그녀를 큰 공장 앞에 세워 두고 집으로 와 버렸다. 그날 기분은 시원섭섭하다고 해야 맞을 거 같다. 그렇게 두 번째 애인하고도 맘이 변해 헤어져 버렸다.

세 번째 애인은 상당한 글래머였다. 까만 옷이 잘 어울리는 애인이었다. 이름에 S가 두 개나 들어있는 여자였다. 몸매는 S 두 개가 무색할 정도로 늘씬하게 빠진 몸매였다. 힘도 좋고 스타일도 멋있는 애인이었다. 산길이든 들길이든 나를 업고 다닐 정도로 기운이 좋았다. 한편 모든 게 좋다고는 할 수 없었다. 먹는 게 많았다. 한 번 먹으면 보통 사람 두 배는 먹어 치웠고 들고 다니는 '액세서리'도 비싼 것만 좋아했다. 위장약 한번을 먹어도 어마무시하게 비싼 걸 골라야 했다.

누군가 그런 말을 했었다. 별장이나 애인은 남 보기는 좋아도 관리비가 많이 든다고 했었다. 난 그 정도는 감수하기로 했다. 그 이유는 일단 같이 나가면 부러운 눈으로 쳐다보는 사람이 많아서였다. 괜스레 어깨에 힘이 들어가는 속없는 남자들의 그 기분 아시리라. 오래 같이 있고 싶은 여자였다. 그리 오래가진 못했지만 참 정이 깊이 든 사이였다.

그녀와 헤어진 날이 마침 어버이날이었다. 같이 달리던 그녀가 휘청거리더니 무식하게 생긴 남자하고 박치기를 해 버렸다. 너무 세게 받았는지 그녀의 얼굴이 엉망이었다. 길거리에 누워 피를 흘리고 있었고 그 충격으로 나도 정신을 잃었다. 정신이 들고 보니 나는 병원에 누워있었고 그녀는 보이지 않았다. 나중에 안 일이지만 그날 그녀는 힘이 센 남자에게 어디론가 끌려갔다고 했다. 그 뒤로 오늘까지 그녀는 소식이 없다.

그 일이 있고 난 후로 한동안 애인 생각이 없었다. 사귈 생각도 안 했고 갖고 싶지도 않았다. 충격이 너무 커 만나고 싶지도 않았다. 애인이 없어도 살 수 있었다. 꼭 애인이 있어야 살 수 있는 건 아니지 않은가. 혼자라는 게 좀 외로웠지만 참을 수 있었다. 하지만 어디 여행을 갈라치면 애인이 없다는 사실을 실감했고 많이 그리웠다. 좀 먼 길을 가자면 허전함에 눈시울 젖기도 했지만 견뎌냈다.

진짜 힘이 드는 것은 그리움이었다. 다른 사람들은 거의 다 가지고 있는 애인이 없는 서러움도 한몫했다. 첫 번째 애인도 그리웠지만, 글래머의 세 번째 애인이 많이 그리웠다. 그 풍만함이 그리웠고 나를 위해 뭐든 다 해주던 힘 좋은 그녀가 몹시 그리웠다. 까만 머리도 보고 싶었지만 크고 늘씬한 몸매가 더 보고 싶었다. 헤어진 기억이 없어서였을까. 인사도 못 나누고 헤어져서일까. 거리에 나가 그녀와 닮은 여인이 지나가면 바라보고 바라보았다. 그렇게 봄이 지나고 다시 봄이 올 때쯤 다시 애인이 생겼다.

K가 이름의 첫 글자인 애인을 만났다. 이번에는 내 쪽에서 계약하자고 했다. 최소한 오 년 동안은 헤어지지 말자고 약속도 했다. 머리가 약간 쥐색이 섞였지만 햇빛에 나가면 진주가 섞인 것처럼 빛이 나는 머리칼이었다. 옷도 쥐색이 어울렸다. 머플러는 항상 은색을 하고 다니는 여자였다. 냄새가 참 좋은 애인이었다. 힘겨울 때 피곤함을 기대어 보아도 냄새가 좋았다. 제일 좋은 것은 뭐든 깔끔한 성격이었다. 어디를 가자고 하면 바로 일어서서 나를 조르는 애인이었다. 다른 애인들처럼 뭐 사달라고도 하지 않았다. 처음 모습 그대로 아픈데도 없이 나를 잘 따라다니는 애인이었다.

난 그런 그녀를 시간이 날 때마다 털고 닦고 정성을 다했다. 머리에 비만 맞아도 난 그녀를 목욕시켰다. 머리에 물을 뿌리고 비누칠도 했다. 그럴 때마다 그녀는 말없이 가만히 있었다. 여기저기 거품을 칠하고 닦아줘도 그녀는 언제나 좋다 싫다 말이 없었다. 그저 나에게 몸을 맡기고 빙긋이 미소를 지을 뿐 잔소리는 하지 않았다. 나는 그런 그녀가 더욱 좋아졌다.

오늘은 비포장도로로 산책을 하고 왔더니 그녀의 눈동자가 누렇다. 또 목욕을 시켜야 할 것 같다. 날씨가 추워져서 따뜻하게 물을 데워서 해야 한다. 내 애인은 감기 들면 안 된다. 그러면 내가 더 아프기 때문이다. 물론 목욕을 시키는데 옷을 벗길 필요도 없는 애인이다. 세차비가 만 오천 원이라 셀프 세차장에 자주 가지만 그녀는 그것도 이해를 잘해준다.

다음에는 외국에서 태어난 애인을 하나 가졌으면 참 좋겠다. 아직 이 애인과의 계약기간이 끝나지 않아서 기다려야 한다. 할부 갚으려면 아직도 이 년이나 남았다.

글 쓰는 걸 옆에서 빤히 쳐다보던 나이 지긋한 여인이 외국 여자 사귈 생각 말고 있는 거한테 잘하란다. Ac 이승에서 외제 차 타보기는 그른 것 같다.

따가운 수박서리

신나는 여름방학이다. 물장구치고 가재 잡으러 가자.

지금보다 매미는 더 시끄러웠고 헐벗은 등이 벗어질 정도로 더웠다는 기억밖에 없다. 햇살이 징그럽다 못해 따가운 날이었다. 광주 가는 기차 철교 밑에서 오후 내내 자맥질에 물장구에 힘이 부칠 정도로 놀다 들어온 저녁이었다. 좀체 열기가 식을 줄 모르던 밤에 동네 친구 여섯을 불러냈다. 뭘 할까 궁리하다가 심심한데 수박 서리나 가자는 내 의견에 모두 맞장구를 치며 그러자고 했다. 그때는 서리하는 게 그렇게 큰 죄가 아니었다. 걸려도 대부분 훈방이었기 때문이다. 지금이야 어림 반 푼어치도 없지만 말이다.

"우리 더운데 으뜸 부끄럼 가리개만 입고 가불자."

"그러자."

밤이었고 혹 누가 보더라도 그때는 나이가 나이인지라 창피한 걸 모르고 있었다. 더군다나 다가올 불상사는 더더욱 까맣게 모르고 있었다. 전부 삼각 빤쓰 하나씩만 입고 좋다고 걸어갔다. 스치는 바람도 시원했다. 부끄럼 가리개 속으로 스미는 바람은 더욱이 시원했다. 우리는 그렇게 광주 무등산 줄기가 화순으로 내려와 뜰을 감싸고 있는 '만연산' 기슭으로 진군을 했다. 거의?? 아니 벌거숭이 일곱 녀석이 수박밭을 향해 걸어가고 있었다.

"소리 나니까 두드리지 말고 무조건 큰 걸로 한 통씩 따가지고 와브러라."

"그 많은 걸 어쭈고 다 먹는다냐?"

"임마! 남으면 강변 모래밭에 숨겨 놨다가 낼 멱감을 때 먹으면 되지 짜식은….."

잠시 후엔 달콤한 수박을 먹을 수 있다. 거기다가 사 먹는 것이 아니라서 더 맛있을 거다. 기대에 부푼 일곱 깨복쟁이는 달무리 벌건 달빛 속에서 논둑을 지나고 도랑도 건너며 살금살금 걸어갔다.

드디어 평소에 보아둔 수박밭이 어렴풋이 보였다. 원두막 가까이 가서는 모두 숨을 죽이고 거의 기다시피 했다. 사사삭 한 명씩 수박밭으로 유령처럼 사라져갔다. 나도 재빠르게 들어가 큼지막한 수박 한 통을 따 들고 조용히 수박밭을 나왔다고 그때는 생각했었다.

한참을 걸어 집을 향해 중간쯤 왔는데 아무래도 뭔가 이상한 생각이 들었다. 세고 또 세어 봐도 사람이 많다는 생각이 들었다. 제일 뒤에서 걷던 나는 앞에 가는 녀석들을 다시 한번 세어 보니 이상하게 일곱이었다. 다시 두 번을 더 세어 보았다. 나까지 합해서 일곱이 맞는데 어디서 나왔는지 모르지만 한 명이 더 생긴 거였다. 다른 친구 녀석이 하나 더 왔나 생각하고 원두막도 제법 멀어졌다 싶어서 앞쪽에다 큰 소리로 물었다.

 "야들아! 올 때는 분명 일곱 명이었는디 어째서 시방 여덟이다냐? 누가 중간에 따라온 거셔?"

 아뿔싸!! 내 말이 끝나기가 무섭게 앞에 가던 녀석이 홱 돌아서면서 나를 잡으려고 멱살 쪽으로 손을 뻗었다. 하지만 모두 벗은 맨살이라 손이 미끄러지면서 다행히 잡히지는 않았다. 내 앞에 가던 사람이 수박밭 주인이었던 것이다. 그걸 까맣게 모르고 좋다고 같이 떠들며 걷고 있던 거였다. 우리와 똑같이 웃통을 벗고 반바지 차림으로 수박까지 한 통 들고 따라오던 중이었다. 나는 엉겁결에 수박을 주인 얼굴에 냅다 내던졌다. 그리곤 전후 사정 알아볼 새 없이 벼꽃이 막 피어난 논으로 뛰어들었다. 논을 지나고 개울로 죽어라 도망을 쳤다. 다시 논바닥을 허겁지겁 달렸다.

 지금 생각해도 숨이 차서 글을 못 쓰겠다. 헉헉!! 한참을 도망을 치다가 따라오는 기척이 없기에 논 가운데 서서 길 쪽을 내다보았다. 주인은 내가 던진 수박에 정통으로 얼굴을 맞고 쫓아오는 걸 포기했는지 팔을 휘두르며 욕만, 욕만 해대고 있었다.

 한참을 가쁜 숨을 몰아쉰 나는 후들거리는 다리로 우리가 자주 모이는 느티나무 아래로 걸어갔다. 거기엔 여섯 벌거숭이가 똑같이 숨을 헐떡거리고 있었다.

"어떻게 우리도 모르게 주인이 따라 와브렀다냐?"

"그러게 말이다, 우리가 수박밭 값 통째로 물어 줄 뻔했다 야."

그때까지는 정신이 없어서 몰랐다. 종아리는 말할 것도 없고 팔이며 사타구니랑 배까지 성한 곳이 한 군데도 없었다. 얼굴만 빼꼼 성했지 나머진 엉망이었다. 그것도 참 다행이었다고 생각한다. 얼굴에 상처 났으면 어쩌랴~!! 벼가 내 키만큼 자란 논바닥을 발가벗고 달음박질을 쳤으니 죽을 맛이었다. 벼 이삭에 씻긴 곳이 칼에 벤 것같이 따갑기 시작했다. 차라리 칼에 베인 게 덜 아팠을 것이다. 개울에 가서 찬물로 씻어 봐도 그때뿐이었다. 약을 바르면 더욱 미치게 따가워 돌아버릴 지경이었다.

하필이면 개학 전날 밤에 그 난리를 피웠으니 낭패였다. 학교에 가서는 제대로 걷질 못하고 어기적거리고 다녔다. 그런 우릴 보고 친구들이 '단체로 고래 잡았냐.'(*포경수술)며 놀려댔다. 그렇지만 모두 꿀 먹은 벙어리마냥 아무 말도 못 했다. 사실대로 말을 할 수가 없었다. 어떻게 수박 껍질에 입도 못 대보고 이 지경이 됐다고 말을 할 수가 있나. 자존심 때문에도 말을 못 했다. 말도 못 하는 열다섯 살의 여름은 그렇게 기억 저편으로 따갑게 지나갔다.

그런데 그 후 나이를 먹어 가면서 이상한 버릇이 생겼다.

수박만 보면 옛 생각에 아랫도리가 쓰린 것 같은 착각에 빠진다. 굳이 말 안 해도 아실 분은 아실 것이다. 달밤에 발가벗고 그것도 벼가 한길이나 자란 논바닥을 죽어라 달려보지 않은 사람만 모르리라. 수박에 눈이 멀어 당했던 그 쓰라린 여름밤의 고통을 어찌 말로 다 할 수 있으랴.

지금도 달콤 아삭한 수박을 어째서 맛나게 못 먹는지 아마 짐작도 못 할 일이다. 아!! 생각만 해도 사타구니가 허벌나게 쓰라린 것 같다. 그때 내가 조금만 더 영리했다면 사각 빤쓰를 입고 갔어야 했다. 그랬더라면 아마도 사타구니는 성했을 것인데 후회스럽다. 내가 또다시 '삼각 으뜸 부끄럼 가리개'만 입고 수박 서리를 가면 '김'이라는 성을 '스팀' 씨로 갈아 버린다. 정말이다.

무너진 사랑탑

내가 생겨나기 몇 년 전으로 거슬러 올라가면 그러니까 1958년 '남인수' 님이 부른 '무너진 사랑탑'이 전국적으로 인기를 끌고 있었다. 내가 첫울음 소리를 내고도 한참을 그렇게 인기를 끌었었다. 그 인기 곡의 가사는 이랬다.

— 반짝이는 별빛 아래 소곤소곤 소곤대는 그 날 밤, 천 년을 두고 변치 말자고 댕기 풀어 맹세한 님아, 사나이 목숨 걸고 바친 순정 모질게도 밟아놓고, 그대는 지금 어디 단꿈을 꾸고 있나, 야속한 님아 무너진 사랑탑아 —

뭐 이런 내용의 가사였는데 그 어려운 노래를 세 살 박이인 내가 기똥차게 부르고 다녔다. 내가 생각해도 내가 천재인 것 같다. 그도 그런 것이 노래를 부를 때면 세 살배기가 인생의 무상함과 또 사랑의 비애를 겪어 본 것 같았다. 감정을 담뿍 담아 눈도 지그시 감고 머리를 요리조리 흔들어 가며 기가 막히게 잘 불렀다고 형님들이 이야길 해 주었다.

안 믿는 분들이 계실까 봐 예를 하나 들어 본다. 내 기억력은 어마어마하게 좋다. 믿거나 말거나이다. 돌 지나고 백일기침을 했는데 어머니가 장독대에서 선인장 찧어 짜 주시던 모습이 아직도 생생하다. 이 정도면 기억력이 어마무시한 거 맞지 않나 싶다. 부러우면 지는 거다.

각설하고 실루엣처럼 떠오르는 장면이 하나 있다. 마을 앞 자그마한 뜰에는 벼가 검푸르게 자라고 있고 햇살이 논두렁을 녹일 것 같은 여름이었다. 큰 느티나무 아래 동네 어른들이 두런두런 모여서 장기를 두거나 담소를 나누고 있던 날이었다.

그날도 바로 손위 형님에게 업혀 느티나무 아래로 피서를 갔던 것 같다. 내가 도착하자마자 동네 어른들은 무료했던 차에 심심풀이가 생겼다고 좋아들 하셨다. 마을 대표 가수가 오셨다고 야단법석을 떨며 한 곡 부탁하였다. 난 사탕수수 열 마디를 '개런티'로 준다는 친구 '쌍회' 아버님의 부탁으로 자세를 잡았다. 스무 마디는 받아야 하는 내 노래 값이었지만 팬을 확보한다는 차원에서 마지못해 목청을 가다듬었다. 검정 고무신을 벗고 한쪽 다리의 바짓단을 살짝 올려주는 센스까지 겸비하고 있었다.

엉덩이를 한쪽으로 사알짝 뺀 다음 벗어 놓은 고무신을 마이크 대신 쥐었다. 다리를 건들거리면서 박자를 맞추기 시작했다. 나의 노래는 대낮이었지만 별빛을 타고 도도하고 유유하게 흘렀다.

노래가 끝나기도 전에 울고 있었다. 아니 박수를 치며 자지러지고 있었다. 웃다가 못해 울고 있는 어른 몇 분이 계셨고 잘한다고 박수를 치며 휘파람을 부는 어른들이 대부분이었다.

뿌듯했다. 내 가창력을 알아주는 팬들에게 진심으로 감사를 드렸다. 노래가 끝나고 모든 관객이 일제히 일어나 앙코르를 요청했지만 난 '스케줄'이 바빠서가 아니고 아는 게 그 노래 하나뿐이라 더는 불러줄 수가 없었다. 그렇지만 자존심이 있지, 사실대로 이야기할 수는 없었다. 다음 일정이 바빠 부득이하게 자리를 뜨는 나를 이해해 달라고 양해를 구했다.

앵콜 노래는 육 개월이나 일 년 뒤로 미룰 수밖에 없었다. 묻지 마시라, 뻔한 것 아니냐. 노래를 한 곡 더 배워야 했던 것이다. 약속대로 '쌍화' 아버지가 사탕수수 열 마디를 내 손에 쥐여 주었다. 내가 내 능력으로 벌어서 먹는 거라 더 맛있었고 이름이 '사탕수수'였지만 사탕보다 훨씬 맛이 좋았다. 사실 그때까지 난 사탕을 본 적도 없지만 말이다.

그렇게 입에서 입으로 나의 능력이 온 동리에 퍼지고 난 뒤 그 괴롭다는 유명세를 탔다. 가는 곳마다 노래 한 곡 해 달라는 팬들의 열화와 같은 요청으로 몸살이 날 지경이었다. 무너진 사랑탑이 진짜로 무너졌으면 하고 바랐지만, 그놈의 사랑탑은 무너지기는커녕 막바지엔 전국을 휩쓸고 있었다. 물론 전국은 '남인수' 선생 담당이었고 난 우리 동네 담당이었기에 개런티에서 약간의 차이를 느꼈지만, 인기 면에서는 별반 차이가 없었다고 난 생각한다.

그중에서 나의 열성 팬 한 분은 내 노래가 남인수를 능가한다고도 했다. 아니 그 양반보다 열 배는 잘 부른다고 추켜세우기도 했다. 지금도 기억하지만, 그 팬 이름이 '연산댁'이었다. 우리 엄니다. '연산댁'은 무조건 무조건이었다. 내가 동네에서 제일 잘 생겼으며 노래도 제일 잘한다고 했다. 난 그 말이 진심이었다고 지금도 믿고 산다. 그러다가 어느새 그 팬이 내 '매니저' 일까지 겸하게 되었다.

그 후 난 다섯 살 때는 '노란 샤스 입은 사나이'와 '아빠는 마도로스'를 배워야 했다. 순전히 앙코르곡으로 미리 저장해야만 하는 가수의 서글픔이 가슴을 후볐다. 하지만 인기를 먹고 사는 직업이라 고통을 감내해야만 했다. 일곱 살 즈음에는 '돌지 않는 풍차'며 '월남에서 돌아온 김 상사'를 온 동네에 부르고 다녀야 했다. 매니저인 연산댁이 더 시켜댔다. 아들의 힘든 가수 생활에 한술 더 뜨고 다녔던 것이다. 내 성대가 어찌 되든 말든 동네 아주머니들이 웃고 떠드는 게 더 좋은 것 같아 조금은 야속한 생각도 들었다.

그렇게 노래를 하고 다녔지만 내 수중에는 별로 남는 게 없었다. 대부분 찐 감자나 고구마 쪼가리였다. 어쩌다 뻥튀기라도 받으면 싸 들고 집으로 올 수 있었지만 다른 건 그 자리에서 모두 사라지고 없었다.

비록 세 살짜리가 부른 '무너진 사랑탑'이었지만 그 파장은 실로 엄청나서 전국적으로 유행도 했고 또 마을 어른들을 포복졸도 시키는 성과도 있었다. 비록 짧은 가수 생활이었지만 후회는 없다. 그 무렵엔 나훈아, 남진, 김추자라는 가수들이 내 자리를 호시탐탐 넘보고 있었다. 그렇지만 내가 계속 '무너진 사랑탑'을 부르면서 세 살 때의 그 기세로 가수 생활을 했다면 그들이 지금과 같은 인기를 누린다는 보장은 결단코 없었을 것이다.

그렇게 무시무시한 '무너진 사랑탑'은 아직도 무너지지 않고 내 가슴에 있다. 그러나 옛 기억은 슬슬 무너지고 있어 더 무너지기 전에 그 거룩하고 역사적인 기록을 더듬더듬 여기에 남긴다. 참고로 여기에 적힌 낱말 하나 토씨 하나에 추호의 더함이나 덜함이 없다는 것이다. 다시 한번 말하지만 모두 사실이라는 것을 힘주어 강조하면서 두서없는 글을 맺는다.

* P.S 글 읽다가 어느 분이 사실관계를 물으려고 날 찾거들랑 글쓴이 시방 화장실 갔다고 전하기 바란다. 아마 안 올지도 모른다고….

수만리를 가다

삼륜 화물차 조수석에 앉아 덜컹거리며 산길을 가고 있었다.

화물차 짐칸에는 젖소에게 먹일 사료가 차의 힘이 부칠 정도로 가득했다. 팔월 하고도 중순, 태양은 자동차 지붕을 녹일 듯이 내리쪼였다. 차창은 열어놓았지만 들어오는 바람이 더 뜨거운 날이었다.

목적지는 수만리. 전남 화순읍에 가면 '수만리'라는 동네가 있다. 화순에서 몇 년 살았지만 그런 동네가 있는 줄은 까맣게 몰랐었다. 읍내에서 출발한 자동차는 가도 가도 끝이 없을 것 같은 산길을 숨이 꼴깍 넘어가는 소리를 내며 가고 있었다. 나와 젖소농장 주인이 함께 조수석에 앉아 있었고 운전은 형이 하고 있었다. 형이 돌아올 때 심심할까 봐 나보고 같이 가자고 한 것이다. 중학교 2학년 여름방학 때, 그러니까 지금부터 어림잡아 한 사십몇 년쯤 된 일이다.

동네가 이름에 걸맞게 진짜 수만리를 가는 것 같았다. 문제는 자동차 길이 아슬아슬해서 걸핏하면 뒷바퀴가 벼랑에 매달렸다. 그때마다 세 사람은 바퀴를 빼내느라 젖 먹던 기운까지 다 써야 했다.

가만있어도 더운 여름날 땀으로 샤워를 한 것 같이 젖고 젖었다. 근열 번이나 바퀴를 빼냈고 내가 왜 따라 와가지고 이 고생을 하나 싶었다. 그야말로 죽을 고생을 하면서 어찌어찌 그 농장에 도착했다. 주인 아저씨는 본인도 고생했지만 나에게 미안한 얼굴로 금방 짠 우유를 끓여 주셨다. 지금 점방에서 파는 우유와는 사뭇 다른 맛이었다. 뭐랄까 뒷맛이 참 고소하다고 느꼈던 것 같다. 그렇게 고소한 우유는 그때가 첨이자 마지막이었다.

짐을 다 내려놓기는 했는데 돌아올 길이 걱정이었다. 갈 때야 어른 둘이 서로 힘이 되어주었지만 돌아올 때는 형하고 나하고 둘 뿐이라 한번 빠지면 이만저만 낭패가 아니었다. 그렇다고 그곳에 눌러살 수도 없는 노릇이라 마음을 다잡고 출발을 했다. 돌아오려는데 주인아저씨가 운임으로 백 원짜리 종이돈을 세어 주셨다. 아마 오천 원인가 육천 원인가 했던 걸로 기억하는데 확실치는 않다. 형이 운임을 나보고 가지고 있으라고 해서 주머니에 넣어 두었다. 다행인 건 갈 때는 화물 무게가 있어 자주 바퀴가 빠졌던 길을 올 때는 한 번도 안 빠지고 왔다는 사실이다. 굽이굽이 산길을 어느 정도 빠져나와서야 형이 운임을 세어 보라고 했다.

그런데 이상했다.

세면 셀수록 액수가 늘어나는 것이었다. 처음에 셀 때는 오천삼백 원이었다면 다시 세어 보면 오천오백 원으로 변했다. 내가 잘 못 세었나 싶어 다시 세어 보면 오천육백 원, 오천칠백 원, 무슨 마술도 아니고 귀신이 곡할 노릇이었다. 그런데 가만히 생각해 보니 그도 그럴 것 같았다.

농장 주인아저씨가 운임 준다고 새 돈을 은행에서 찾아가지고 주머니에 넣어 두었던 것이다. 그 빳빳한 새 돈이 땀에 젖어 딱 붙어 있는 걸 모르고 운임으로 세어 주신 것이었다. 한 장을 센다는 것이 두 장 혹은 세 장이 한꺼번에 넘어갔던 것이다. 혹 모르겠으면 은행에서 빳빳한 오만 원짜리 새 돈뭉치를 한 다발 찾으시라. 그걸 물에 한 삼십 분쯤 푸욱 담갔다가 약 오십만 원쯤 세어서 나에게 용돈으로 줘 보시라. 그럼 확실히 이해되실 것이다. 수만리 고개를 넘어 화순 읍내에 올 때까지 세면 셀수록 돈이 자꾸 불어났다.

그 농장 아저씨가 아마 알면서 고생한 품삯까지 그렇게 더 주신 것이라 생각했다. 그래야 공돈을 거저먹는 비양심이 조금은 위로가 될 것 같아서 말이다. 오천 원이 운임이었다면 거의 곱절이 되는 돈을 주신 것이었다. 그때는 휴대 전화는 꿈도 못 꿀 때였기에 돌려 드릴 방법이 없었다. 솔직히 너무 고생해서 돌려 드리고 싶지 않았다는 게 정직한 표현인 것 같다. 그렇지만 사실 마음은 참 무거웠다.

형은 나도 고생했다고 초록빛 종이돈을 다섯 장이나 주었다. 그러니까 오백 원을 용돈으로 받은 것이다. 그때 보통 사람들 한 달 월급이 삼천 원이었으니까 꽤 짭짤한 수입이었다. 그렇지만 천 원을 준다고 해도 다시는 가고 싶지 않은 동네 '수만리'였다. 오죽하면 이름이 수만리일까 생각하게 만드는 동네였다.

　같은 반에 그 동네에서 통학하는 친구가 딱 한 명 있었는데 공부가 좀 뒤떨어지는 친구였다. 그래서 은근히 아래로 보고 무시도 하고 그랬었다. 그러나 그 일이 있고 난 후론 그 친구가 존경스러웠다. 걸어서 두 시간 이상 걸리는 학교를 매일같이 오고 갔던 것이다. 눈이 오나 비가 오나 바람이 불어도 지각 한 번을 안 했던 것 같다. 지금 아이들 같으면 아마 학교 안 다닌다고 할 게 뻔하다. 아니면 매일 승용차로 출퇴근시켜야 할 정도로 멀고 먼 길이었다.

　그렇게 내 생애에 단 한 번 가본 '수만리'는 지금은 어떻게 변했을까 궁금하기도 하다. 그리고 같이 학교에 다니던 그 친구는 아직도 거기에 살까. 그도 나처럼 머리가 희끗희끗하겠지만 건강은 할 걸로 생각된다. 그 먼 길을 하루 같이 통학했던 기초체력이 어디 갔을까. 지금도 건강하게 수만리 고개를 수만 번 오고 갈지 모를 그 친구와 땀에 젖은 저고리에서 겸연쩍게 삶을 꺼내 주시던 그 아저씨의 웃는 모습이 들국화 향기처럼 그리운 밤이다.

여성용 시대

　손님이 온다고 하기에 암탉을 한 마리 잡으려 하자 벼슬이 크고 붉은 녀석이 날개를 펼치고 달려들었다. 도무지 나 같은 건 무서워하는 기색이 하나도 없다. 오로지 제 짝을 지키겠다는 의무나 사명감으로 녀석은 길길이 날뛰면서 날카로운 부리로 공격을 가해 왔다.

　한낱 미물도 저러는데 만물의 영장이라고 하는 우리는 왜 이렇게 변해가고 있을까. 남자와 여자가 서로 존경하고 사랑하고 기대어 살던 시간들이 점점 멀어지니 어쩌자는 것일까. 남자들은 알게 모르게 보호하기는커녕 은근히 여자를 깔보는 습성이 있다. 힘의 논리가 세상을 지배하던 수렵 시절부터 몸에 밴 습관이 아직도 골수에 미세하게 남아있기 때문일 것이다. 힘이 세야 사냥을 잘했고, 힘이 세야 적을 쉬 물리쳤으며, 힘이 세야 모든 것에 유리했던 시절이 지나가고 있지만, 그 잔뿌리가 죽지 않고 남아있는 것이 분명하다.

　지금은 그런 1차원적인 육체노동의 세월이 아니다. 스마트시대 아닌가, 머리가 똑똑해야 살아남는 시대에 힘의 세고 약함은 아무 소용이 없는데 아직도 여자 앞에서 힘으로 돋보이려는 못난 수컷들이 무수히 많다.

화장실 앞에 숨어 있다가 아무 관계도 없는 여자를 죽음으로 몰고 간 놈은 과연 상대가 남자였어도 그랬을까. 저보다 만만해 보이는 여자니까 그런 몹쓸 짓을 했을 것이다. 사회적으로 도태된 인간의 표본이 아니고 무엇이랴. 공부도 여자에게 뒤처졌을 것이고 친구들은 예쁜 여자와 결혼을 하는데도 저는 연애 한 번 못해본 그런 한심한 놈이었을 거라 생각한다.

밤길에 여자를 추행하는 놈도 마찬가지고 혼자 사는 여자만 골라 강도짓 하는 놈도 역시 다를 바 없다.

그뿐이 아니다. 사회적으로 존경받으며 성공했다는 사람 중에도 파렴치하고 추하기가 짝이 없는 사람이 수두룩하다. 대학 교수가 제 자식뻘 되는 여학생을 점수라는 올가미로 묶어 놓고 추행하고 폭행을 했다는 뉴스가 심심치 않게 나오니 말이다. 회식이라는 미명아래 술 취한 제자나 회사 동료를 폭행하고도 서로 합의 봤다고 주장하는 놈들도 있다. 국회의원이나 지방의회 의원이나 부인과 의사가 그러는 건 이젠 뉴스거리도 아닌 것 같다.

대통령과 외국에 나가서도 흥분을 감추지 못해 망신당하고 도망 온 자의 뻔뻔스런 변명도 있다. 잘하라고 엉덩이 한 번 툭 쳤단다. 뭘 잘하라고 했을까 싶다. 다른 문화 배우겠다고 해외연수 나가서 여자 도

우미 데려오라고 주먹질하는 지방 의원님도 있지 않은가.

더욱 가관인 건 하나님의 종으로 살기를 다짐하고 모든 악으로부터 우리를 구원하겠다. 그런 헛소리 나불대는 목회자 중에도 악마가 끼어 있으니 한심할 노릇이다. 그뿐이랴 머리 깎고 부처님 앞에 나아가 새벽 예불드리는 분들은 어떠한가. 먹물들인 장삼 걸치고 목탁 두드리는 불제자 중에도 가끔 보인다. 어디에나 그런 불량품이 있으니 콧구멍이 두 개인 이유를 이제야 알만하다.

학생을 바른길로 인도해야 할 선생 중에도 있다. 운동부 코치며 어려운 학생들을 도와줘야 할 복지관 이사장 중에도 인간쓰레기가 개밥의 도토리 마냥 섞여 있다. 모두 한꺼번에 인당수에 장사 지내면 좋을 자들 아닌가. 여느 농장에서나 도태된 짐승은 사료를 먹여도 크지 않는다. 방법은 골라내어 도살해야 사룟값이 덜 든다. 하다못해 미꾸라지 양식장에서도 크지 않고 사료만 축내면 따로 관리하거나 죽여 버린다. 어느 지방에 가면 아기 돼지는 애저라는 음식으로 재탄생되기도 하지만 말이다. 짐승도 쓸모없으면 폐기 처분해야 맞다. 그래야 수지 타산이 나오기 때문일 것이다.

그런데 사람의 탈을 쓰고 짐승만도 못한 짓을 하는 저들을 과연 어찌해야 맞는가. 저런 부류들은 아무짝에도 쓸모가 없다. 교도소에 갔다 나와도 교화가 안 돼 나오면 같은 짓을 되풀이하는 걸 종종 본다. 방법은 한가지 뿐이다. 저놈들 모두 구멍 난 배에 태워 태평양으로 크루즈여행을 시켜 주는 게 좋을 것 같다. 인간이길 포기한 놈들에게 신의 크나큰 자비를 베풀어 보면 좋겠다는 생각을 한다.

내 개인적인 생각이니 시비는 걸지 않길 바란다.

선천의 이천 년은 남자가 지배하던 시대였다고 나는 생각한다. 이제 남자들이 힘으로 지배하던 선천의 이천 년의 시간은 끝났다. 앞으로 다가올 후천의 이천년은 여자가 더 능력 있고 여자가 더 일도 잘하며 남자는 점점 필요 없는 시대가 올 거라고 난 생각한다. 순전히 개인 생각이다.

집안을 둘러보자, 남자를 위한 물건이 있나. 세상에 벌써 있거나 새로 태어나는 모든 물건은 과연 남자에게 필요한 것일까. 아니면 여자에게 더 필요한 것들일까. 자동차와 가전제품도 마찬가지다. 화장품과 그릇까지도 하다못해 은행카드며 택배나 홈쇼핑이 과연 누굴 위한 것일까. 모두 여성용이다. 남자를 위한 제품은 땅 파는 걸 도와주는 '굴삭기'나 땡볕에 나가 농사나 지으라는 '트랙터' 등 몇 개 되지 않는다고 생각한다.

남자들은 앞으로 여자들이 지배할 세상 앞에서 무시당하며 비굴하게 살지 않으려면 잘해야 한다. 지금부터라도 깊이깊이 생각해 볼 일이다. 그리고 남자라는 이름의 그대 또한 여자를 위해 만들어진 여성용이 아닌지 골똘히 따져 볼 일이다.

전설 따라 소풍

조마조마했는데 어김없이 비가 온다.

무슨 원수 진 일도 없는데 왜 꼭 이럴까. 날짜를 잡아도 왜 이따위로 잡아서 사람 속상하게 할까 싶다. 이번 소풍도 교실이나 강당에서 할 게 뻔하다.

우리 학교는 개교 60년이 넘은 유구한 역사와 전통에 빛나는 진안 초등학교였다. 담장은 탱자나무로 되어있어 사시사철 푸른 것이 자라는 우리 모두 싱그럽게 크라는 깊은 뜻이 담긴 것 같았다. 조금 앞쪽으로는 아름드리 플라타너스가 일정한 간격을 두고 자라고 있었다. 나무는 운동회 날이나 무슨 행사가 있는 날이면 인심 좋게 그늘을 내주는 그런 학교였다.

붉은 벽돌로 지은 본관 건물에는 군데군데 담쟁이넝쿨이 기어오르고 있었다. 흡사 중세 어느 성곽 같은 분위기를 자아내는 그렇게 멋진 학교였다. 물론 어느 학교나 그렇듯이 중간 중간 개구멍도 있고 그 개구멍을 애용하는 개구쟁이도 있다. 그리고 반드시 유별나고, 불필요하고, 쓸데없이 그곳을 지키는 별로 할 일 없는 호랑이 선생님도 있었다.

그렇게 다 좋은 학교였는데 문제가 하나 있었다. 그게 꼭 우리 학교만 그런 것도 아니었다. 소문을 들어 보면 주변의 학교마다 사연은 다르지만, 전설이 있었다. 사실인지 확인할 길 없는 그 전설 때문에 그런 일이 벌어진다고 했다. 그렇게 입에서 입으로 전해지는 구전 동화 같은 이야기 때문에 피해는 옴팡 내가 뒤집어써야 하는 게 약 올랐다.

소풍 이야기다. 산에는 진달래가 흐드러지고 들에는 새싹이 돋아나 기지개를 켜는 봄이다. 봄이 오면 우리는 봄 소풍을 갔다. 좀 멀리 가면 '진안 마이산'이었고 아니면 지금은 댐이 되어버린 용담 저수지 뚝방길로 갔다. 어느 곳이든 교장 선생님 마음대로였지만 우린 마냥 좋았다.

2학년까지는 '반월리' 느티나무 숲이 우리 소풍 장소였지만 소원이 하나 있었다. 제발 소풍날 비만 오지 않기를 바랐다. 소풍 전날 밤이면 밤잠 설쳐가며 빌고 또 빌었다. 세상에 있는 신은 다 불러다 빌어도 그놈의 이무기 한 마리를 못 당했다. 잔뜩 부푼 마음으로 아침에 일어나면 비가 부슬부슬 가슴을 적셨다.

학교를 지을 때 큰 웅덩이가 운동장 가운데에 있었단다. 그 웅덩이를 일하는 인부들이 큰 바윗덩이를 굴려다가 사정없이 메웠단다. 오호통재라, 구백 살이나 드신 이무기 한 마리 그 웅덩이에 계셨단다.

하루만 더 있으면 용으로 신분 상승하야 승천을 하실 거였단다. 그런데 딱 그 하루를 못 견디고 돌에 맞아 하늘은 보시지도 못하고 북망산천 돌아가셨단다.

그래서 우리 학교 소풍 날짜만 잡았다 하면 그 이무기님의 혼령이 괘씸해서 비를 내린단다. 그걸 믿어야 할지 말아야 할지 몰랐지만, 비가 오니 안 믿을 수가 없었다. 그것도 소풍날만 되면 비가 오니 안 믿었다가 나까지 벌 받으면 어쩌랴, 철석같이 믿었다. 이럴 바엔 소풍 전날 내가 목욕재계하고 싶었다. 집이 가난하야 제물이 없었으니 내 육신이라도 올려놓고 이무기님한테 사정사정 그만 봐달라고 빌고 싶었다.

봄 소풍만 망치면 좋겠는데 그게 아니었다. 가을 소풍, 말만 들어도 설레는 가을 소풍도 마찬가지였다. 들판 가득 곡식이 익어 가고 동산 언덕에 빨간 홍시가 주렁주렁 열리면 가을이다. 산에 가면 으름이 익어 노골적으로 속살을 드러내 놓고 나를 유혹했다. 다래는 착해서 아! 입만 벌리고 있어도 알아서 입속에 떨어진다. 그래서 나는 다래를 사랑한다. 산에 있는 다래도 사랑했지만, 도시의 다래도 사랑했다. 믿거나 말거나 말이다. '나훈아' 노래처럼 늙은 산 노을 업고 힘들어할 때 우린 가을 소풍 날짜를 잡는다.

가을 소풍은 추수가 끝나고 갈 때가 많아 소풍 가방이 봄 소풍 때와는 다르게 더 살쪄서 무거웠다. 소풍 전날은 쉬 잠이 오지 않는다. 무슨 이유 때문에 그랬는지 모르지만 잠을 자려 할수록 멀리 꽁지 빠지게 달아났었다. 이번에는 이무기님한테 빌었다. 내일은 제발 발맞추어 노래 불러가며 마이산에 가게 해주세요. 개뿔! 한이 맺히어도 너무 세게 맺혔나 보다. 아니면 그놈의 이무기 성깔이 더러웠나 보다. 것도 아니면 내 기도가 모기 우는 소리로 들렸나 보다.

아무튼 이번 가을 소풍도 망했다. 밤새 빌어도 소용없었다. "각자 교실에서 반별로 소풍합니다." 교감 선생님은 안 나가는 게 더 좋으신가 보다. 주룩주룩, 비단 교실 창문에만 차갑고 쓸쓸한 가을비가 흐르는 것은 아니었다.

다행인 것은 소풍날 비 오는 것이 우리 학교만은 아니라는 거였다. 마령초교나 백운초교나 부귀초교 등 다른 학교도 마찬가지였다. 그때는 소사라고 불리던 분들이 학교마다 계셨다. 그분에 관한 이야기가 백운초등학교인지 마령인지 확실치는 않지만 분명 있었다. 어느 학교 소사 한 분이 학교 울타리에 있던 나무가 학교 지붕을 덮는다고 베었단다. 나무가 얼마나 큰지 둘레가 사람 백 명이 손을 맞잡아도 끝이 안 닿았단다. 너무 뻥을 쳤나? 좀 너무 키운 거 같은 기분이 들긴 든다. 나도 들은 이야기니까 거짓말이네 공갈이네 따지지 않길 바란다. 아무튼 그 큰 나무를 석 달하고도 딱 구 일 동안 슬근슬근 베었단다.

그런데 아뿔싸, 그 나무 한가운데는 삼백 년이나 나이를 잡수신 구렁이님이 자리 잡고 계셨단다. 그 구렁이님은 말씀도 하셨단다. 말씀인즉 하루만 더 있으면 이 구렁이님도 신분 교체하야 용으로 변신하신다 하였단다. 그러니 하루만 나무를 베지 말고 참아 달라고 하셨단다. 그렇게 애원했는데도 불구하고 그 소사 분은 나무를 베었단다. 단지 기분 나쁘게 생겼다는 한 가지 이유로 단숨에 구렁이를 죽였단다. 그 소사 분 성깔도 우리 집사람 못지않은가 보다. 그렇게 억울하게 죽은 구렁이가 그 학교 행사 때만 되면 빠짐없이 비를 내린다고 했었다.

학교마다 그런저런 이유로 소풍날 비 맞은 친구들이 한둘이 아닌 줄 안다. 전국에 그 많은 구렁이나 이무기가 지금도 비를 내리는 건 아닐까 하는 생각도 든다.

아! 어느 학굔지 이름은 생각 안 나지만 처녀 귀신 이야기도 있다. 학교 우물에 빠져 죽은 처녀 귀신이었는데 난 보지는 못했다. 얼굴이 엄청시리 이쁘다고 하던데… 차라도 한잔 마시고 싶다. 어느 학교인지 이름이 생각 안 나니 찾아가 볼 방법은 없다. 그 처녀도 한이 많아 그 학교 소풍날이면 어김없이 비를 뿌린단다.

세월이 많이 지났으니 이제 소풍 날 비는 안 내리는지 알아봐야겠다. 그런데 요즘 학생들 소풍은 가나?? 요새는 줄 맞추어 소풍 가는 병아리 떼를 한 번도 본 적이 없는 것 같다.

피구왕 통키

    진눈깨비가 한차례 지나가서 길바닥이 질척거리는 1981년 겨울, 집에서 쉬고 있던 나는 심심해서 전에 일하던 공장으로 자전거를 타고 슬슬 놀러 나갔다. 부평공단 내에 보일러를 만드는 회사였는데 연탄 보일러며 기름보일러 그리고 산업용과 목욕탕에서 쓰는 큰 보일러도 만드는 곳이었다.

    도착해 보니 막 점심 식사를 마친 동열이라는 친구가 난로 곁에서 손을 비비며 몸을 녹이고 있었다. 우리는 이런저런 이야기를 하며 히죽거렸다. 그러면서도 친구는 만들던 목욕탕용 보일러가 새는 곳이 있나 수압 시험을 하려고 산소 절단기를 끌어다 보일러에 바람을 넣었다. 수압 테스트를 하려면 공기 압축기로 바람을 넣고 비눗물로 새는 곳이 있나 없나 확인을 하는 게 일반적인 방법이다. 그날은 겨울이고 추워서 그랬는지 귀찮아서 그랬는지 모르지만, 이 친구가 철판 자를 때 쓰는 산소 절단기로 바람을 넣었다. 위험한 행동이었지만 나 역시 잔소리하면 오지랖 같아 그냥 바라만 보고 있었다. 바람을 다 넣고 비눗물을 발라가며 새는 곳에 표시를 끝낸 친구가 내가 서 있던 난로 옆으로 오면서 말을 걸었다. 일 끝나면 당구를 치자는 둥 통닭 한 마리에 생맥주 내기를 하자는 둥 한참 수다를 떨었다. 그러다가 문득 생각이 났는지 새는 곳을 용접한다고 큰 보일러 입구로 용접기를 들고 엉금엉금 기어들어 갔다.

나는 보일러로 들어간 친구를 기다리며 화목 난로 곁에 서 있었다. 한 오 분 정도 용접하는 소리가 들려왔다. 그러다 갑자기 '으악'하는 외마디 비명이 들리고 머리에 불이 붙은 친구가 보일러 속에서 엉덩이부터 튀어나왔다. 그 짧은 순간 머리가 활활 타는 걸 본 나는 갑자기 웃음이 났다. 웃을 상황은 분명 아닌데 '피구왕 통키'라는 만화가 딱 생각나면서 절로 웃음이 나오는 것이었다. 친구 녀석 불타는 머리가 영락없이 만화 주인공인 통키 머리 모양하고 판박이였다. 특히 머리에 붙은 불 모양이 아주 딱이었다.

나는 웃음이 질질 새는 얼굴로 수돗가 대야에 담겨있던 살얼음 낀 수건으로 재빨리 머리를 덮었다. 불붙은 머리를 보고 수건으로 덮기까지 진짜로 한 5초쯤 걸렸다. 진짜다. '치이이이익' 소리를 내며 불은 꺼졌고 녀석은 놀라고 아팠는지 콘크리트 바닥을 데굴데굴 뒹굴고 있었다. 뒹구는 녀석을 일으켜 세웠다. 그러면서 얼굴은 '안 탔다'고 위로 아닌 위로를 했다. 위로하는 순간에도 자꾸 웃음이 나오는 걸 어쩔 수가 없었다. 그 상황이면 누구라도 그랬을 것이다. 간신히 진정을 시키고 나서 살펴보니 목덜미며 양쪽 귀와 머리에 화상을 입은 것 같았다. 나는 머리에 젖은 수건을 둘러쓴 녀석을 자전거 뒤에 태우고 공장에서 조금 떨어져 있던 '공단 의원'으로 빠르게 달려갔다.

병원에 들어가서 머리에 씌웠던 수건을 벗겼다.

'으히히히' '킥킥킥킥' 여기저기서 간호사들이 웃느라 정신이 없었다. 머리칼이 불에 타면서 한 덩어리가 돼 있었다. 꼭 아스팔트 포장할 때 뿌리는 까만 콜타르를 뒤집어쓴 것하고 똑같았다. 다르게 보면 오토바이 탈 때 쓰는 까만 '헬멧' 쓴 거와 비슷했다. 아니 머리가 그냥 '헬멧'이었다. 그 모습을 보고 간호사고 의사고 웃느라 당최 치료를 못 하고 있었다.

"아니 이 양반들이 환자가 왔으면 치료부터 해야지 웃기만 하는 거요?"

짐짓 화를 냈다. 그 말에 놀란 간호사가 가위 들고 불에 탄 머리카락을 자르려고 다가서면서도 웃음이 나는지 어깨가 들썩거렸다. 사실 나도 불에 그슬린 그 녀석 모르게 돌아서서 소리를 죽여 가며 웃을 수밖에 없었다. 말 걸어오면 웃음을 참고 대답을 해주고 돌아서서는 킥킥거렸다.

다행히 얼굴은 용접할 때 쓰는 바가지같이 생긴 보호 면을 대고 있어서 화상을 입지 않았다. 귀하고 목은 약하게 화상을 입었고 머리는 홀라당 탔지만, 두피는 크게 데이지 않았다. 의사가 붕대를 어떻게 감을 수가 없다면서 거즈와 반창고를 얼굴 가운데만 빼고 덕지덕지 붙여 놓았다. 언뜻 보면 털이 하얀 원숭이하고 얼굴이 비슷했다. 급기야 얼굴만 빼고 목으로 머리로 귀를 감싸 붕대를 감았다. 아까는 깜장 헬멧이었는데 이젠 하얀 헬멧이었다. 거기다 한술 더 떠 하얀 헤드폰까지 낀 광경이었다. 치료를 마친 친구를 이번엔 동네 창피당할까 봐 못 알아보도록 수건으로 얼굴을 덮어씌웠다. 그래봐야 어차피 거기서 거기였지만 비집고 나오는 웃음 참아가며 공장으로 다시 태우고 갔다.

원래 공기 압축기로 바람을 넣어야 했다. 그런데 친구 녀석이 귀찮다고 산소 절단기로 바람을 넣다가 산소가 들어가면서 프로판 가스도 함께 들어간 것이었다. 거기다가 용접을 했으니 죽으려고 환장을 했던 것이다. 친구는 가스가 꽉 찬 풍선에 구멍을 내고 라이터를 그어 댄 꼴이 되었던 것이다. 그 사건이 있고 난 후로 이 친구 별호가 '피구왕 통키'가 되었다.

"니가 말 시키는 바람에 공기 빼는 걸 까먹어서 그렇잖아 임마~!"

가스를 넣고 비누칠해서 새는 곳을 확인했으면 다시 바람을 빼야 하는데 그걸 까먹었던 것이다. 딱히 틀린 말도 아니고 대꾸하면 싸울까 봐 나는 아무 말도 못 했다. '피구왕 통키'하고 싸울 수는 없었다. 그때까지 하얀 '헬멧'을 쓰고 있던 관계로 말이다. 웃으면서 싸운다는 게 참 말이 안 되는 일이다.

동렬아, 늦었지만 그때 말 시켜서 미안하다. 난 머리칼이 그렇게 잘 타는 줄 너 아니면 모르고 살았을 거다.

'어이~! 통키, 어디서 잘살고 있는 거지? 많이 보고 싶다. 특히 불타던 네 머리가…'

하늘이 맺어 준 인연

처음 본 곳은 군산의 어느 편의점에서였다.

싱그럽게 막 피어난 난초같이 아니 풋사과같이 풋풋한 대학생이었다. 내 식구가 되려고 그랬는지 처음 만났어도 전혀 낯설지 않고 그냥 막내딸같이 느껴졌다. 기억이 가물거리지만, 같이 뭘 사러 손을 꼭 잡고 갔는데 참 손이 따뜻했었다. 그 손 따뜻한 아가씨가 지금 딸 같은 막내며느리이다.

며느리는 전주에서 아들하고 소꿉장난 같은 살림을 차렸다. 둘 다 대학생이어서 아르바이트를 해가며 학교엘 다녔다. 얼마나 힘들었을지는 안 봐도 뻔히 보이는 어느 날 첫애를 가졌다는 전화를 받았다. 내가 해줄 수 있는 거라고는 먹고 싶은 것이나 사 주는 거라고 생각하고 전주에 내려갔다. 가보니 며늘아기는 불러오는 배를 안고 커피 전문점에서 일하고 있었다. 말은 안 했지만 저 어린 게 얼마나 힘이 들까 싶어 마음이 많이 아렸다. 속으론 '뭐가 급하다고 벌써 아기를 가졌니?' 했지만 이미 엎질러진 물, 아무 말도 할 수가 없었다. 그냥 잘 먹여주고 마음 편하게 해주는 게 좋을 것 같았다.

몇 개월이 지나 두 녀석은 짐을 싸 들고 집으로 들어왔다. 해산달이 가까워오니 겁도 났을 거고 학생 신분으로 아르바이트를 하며 산다는 게 생각보다 무척 힘들었을 거라 짐작했다. 집사람에게 아무 말 말라고 했다. 안 봐도 뻔한 걸 자꾸 물으면 상처만 될 뿐이다.

그렇게 시간이 지나 첫애 은서가 태어나고 얼마 안 돼서 내가 대형 교통사고를 냈다. 거의 일 년여 동안 집과 병원에 있었는데 손주 때문에 병원에 있는 게 힘이 덜 들었다. 그 조그마한 게 매일 나를 웃게 만들었으니 말이다.

그렇게 시간이 지나 우리 은서가 돌이 막 지난 어느 날 아무리 봐도 며늘아기 배가 임신한 사람 같았다. 그래서 지나가는 말로 혹시 아기 가졌냐고 물었더니 아니라고 두 녀석이 펄쩍 뛰었다. 그렇게 임신 이야기는 흘러갔고 나는 인천에 일이 있어 송도로 나가서 생활했다. 그러던 어느 날 막내아들한테서 전화가 왔다. 며느리가 아기를 가졌는데 쌍둥이라며 풀이 죽어 있었다. 말문이 탁 막혔다. 축하할 일이지만 마냥 기쁘다는 말을 할 수가 없었다. 막내아들과 며늘아기 앞날이 눈앞으로 지나갔다. 요즘은 아이를 낳는 게 문제가 아니라 키우려면 대충 잡아도 한 녀석 앞으로 사 오 억 원이 들어간다. 아기 키우며 집사고 살림 장만하며 자릴 잡는다는 게 얼마나 힘든 일인지 나는 잘 안다. 더구나 하나면 모르지만 그렇게 되었으면 애가 셋이다. 자영업을 하는 것도 아니고 둘이 아무리 벌어도 생활이 힘들 거라는 생각에 미치자 화가 났다. 내가 부모 일찍 여의고 혼자 벌어 애들 키우며 살아 봐서 뼈저리게 잘 안다.

옛날처럼 못 배운 사람들도 아니고 소위 대학을 나온 녀석과 유학을 다녀온 엘리트가 어찌 이렇게 계획성이 없나 싶었다. 생각할수록 화가 치밀었다. 내가 어떻게 할 수 없다는 게 더 화가 나서 며느리에게 막내아들에게 못 할 말 많이 했다. 당하는 저희는 서운했겠지만 나는 녀석들 앞날이 걱정되고 안쓰러울 때마다 화를 냈다. 소도 언덕이 있어야 비비는 거다. 그 언덕이 못 돼 주는 나에게 스스로 화가 났었는지도 모른다.

시간은 흘러 영문도 모르고 뱃속부터 욕을 먹은 쌍둥이가 태어났다. 내가 자식 욕심이 많든지 아니면 인연이라 그랬을 것이다. 내 노여움을 견디며 태어난 쌍둥이가 말할 수 없이 귀여웠다. 엉금엉금 기는 모습도 주방에서 들기름병을 엎어 놓고 수영을 하며 말 짓 하는 모습도 사랑스러웠다.

내가 낳은 아이들은 별 관심 없이 키운 것 같은데 손주는 또 다른 뭔가가 있었다. 어른들이 말씀하시길 '예쁨 받는 건 저하기 나름'이라고 했다. 커가면서 쌍둥이 중 막내인 예서를 각별히 더 예뻐했었다. 이 녀석은 그럴 수밖에 없도록 했다. 내가 객지에서 일하다 오랜만에 집에 가면 눈밭에도 맨발로 뛰어나오며 반가워했다. 먹을 게 생기면 감춰 두었다가 나 먹으라고 다른 식구들 몰래 손에 쥐여 주기도 하였다. 일하러 간다고 집을 나서면 가지 말라고 목에 매달려 대롱거렸다.

누가 시키거나 가르쳐 주지 않았어도 그랬다. 어떻게 예뻐하지 않을 수 있었겠는가. 그렇게 나에게 안 좋은 소리 들어가며 태어난 쌍둥이가 벌써 어엿한 초등학교 1학년이다. 유치원 다닐 때는 노란 병아리 가방으로 이제 학교에 다니니 제법 의젓한 모습으로 나에게 인생의 맛을 가르쳐주고 있다.

다만 우리 며느리와 아들 녀석이 쉴 새 없이 일해도 형편은 내 예상대로 쉬 풀리지 않고 있다. 그래서 조금 늦게 결혼식을 올렸지만 제법 행복하게 잘 살고 있다. 지금은 고생하지만 걱정은 안 한다. 막내딸이며 며느리인 희영이는 똑똑하니까 뭐든지 잘할 거라 생각하기 때문이다. 요즘도 돈 벌면서 시부모 모시고 거기다 공주 셋을 바르게 기르고 있다. 이런 며느리 얻기가 어디 쉬운 일은 아닐 것이다. 물론 집사람이 도와주기는 하지만 말이다.

오늘도 일 나가는 며느리가 안쓰러워 준비물을 들어다 차에 실어준다. 아는지 모르는지 며느리는 차에 올라 손을 흔들며 '다녀올게요.' 하고 웃는다. 앵벌이 시키는 것 같아 가끔 미안한 생각도 든다. 멀어져 가는 딸 같은 며느리를 보면서 그래 그렇게 열심히 살아보라고 속말을 한다.

가족이라는 건 하늘이 맺어 준 인연이라 생각한다. 그래서 하늘이 나에게 보낸 우리 며느리가 더 예쁘고 사랑스럽다. 그리고 욕먹으면 오래 산다고 했다. 그러니 뱃속부터 욕먹은 우리 민서, 예서 쌍둥이는 정말로 오래오래 잘살 거라는 말로 미안함을 대신해 본다.

흘러간 추억

토요일 오후엔 무조건 그리로 달려갔다. 듣는 게 좋기도 했지만 분위기가 더 좋았다.

아니 그건 핑계다. 긴 생머리에 서글서글한 눈동자의 그녀를 먼발치에서라도 보고 싶어 갔다고 하는 게 맞다. 키는 좀 아담했지만, 몸매도 예뻤다. 좀 일찍 가는 날이면 눈은 다방 문을 붙들고 떠날 줄을 몰랐다. 행여 다른 곳을 볼 일이 있으면 귀를 문고리에 걸어 놓았었다. 문이 열리는 소리가 들리면 번개같이 문 쪽으로 고개가 자동으로 돌아갔다. 그렇게 기다리다가 그녀 아닌 사람이 들어오면 실망스러웠지만 긴 기다림이 보고픔을 더했다.

긴 시간이라고 하지만 고작 30분 내외였다. 나에겐 그 30분이 30년의 느낌이었다. 그러다 그녀가 들어서면 침침하던 실내가 환해지는 기분이었다. 아니다 진짜로 환해지고 있었다. 그녀를 보기만 하여도 이유 없이 가슴이 방망이질로 쿵쾅거렸다. 그렇게 나는 그녀를 마음에 두었지만 말 한번 제대로 붙여보지 못하는 어수룩한 촌놈이었다.

고작 마음을 전할 수 있는 방법은 주스나 커피를 그녀가 앉아 있는 테이블로 종업원을 통해 배달하는 게 전부였다. 아니면 좋아하는 음악을 디제이에게 신청하면서 '몇 번 테이블에 앉은 아가씨와 같이 듣고 싶다'고 쪽지를 보내는 게 전부였다. 그 시절엔 그게 유행이었고 데이트 신청의 한 방법이었다. 하지만 그녀는 도도하기가 엘리자베스 테일러하고 동기동창감이라 고맙다는 목 인사 한번이 없었다. 그저 곁에 앉은 친구와 무슨 이야기가 그렇게 재미있는지 환한 잇속을 드러내고 깔깔거리고 있을 뿐이었다.

나도 쉽게 물러서는 편이 아니었다. 그럴수록 생과일주스 값과 쌍화차 값이 부담으로 돌아왔지만 난 멈추지 않았다. 옛 어른들이 지성이면 감천이라고 했다. 백 번쯤 찍었을 때 드디어 그 말이 맞는 날이 왔다. 드디어, 급기야, 시나브로 오고야 말았다. 반팔 셔츠가 긴 폴라티로 바뀔 때쯤 그녀에게서 나에게로 행운 같은 신호가 왔으니 말이다.

귀를 의심했다. 아니 내 자리의 번호가 맞는지 확인했다. 디제이가 느끼한 목소리로 "13번 테이블의 아가씨 음악 선물입니다". "7번 자리의 장발 아저씨와 같이 듣고 싶다는군요" 7번 자리는 난데, 두 번 세 번 확인했지만 분명 내가 앉아 있는 자리가 7번이었다. 정말 나에게 보내는 그녀의 음악 선물이었다. 지금 생각해도 7이라는 숫자는 확실히 행운의 숫자며 럭키한 숫자다. 하나님, 부처님, 모하메드, 공자님 도 인정하신 번호가 확실하다. 그녀가 나에게 보낸 음악 선물, 제목은 스모키의 "I'll meet you at midnight"이었다. 제목도 멋지다 '달빛 속에서 그대를 만난단다.' 야~~~~호!!! 엄마 나 계 탔어요!!.

그렇게 만난 우리의 가슴은 점점 장밋빛으로 물들어 갔다.

만남이 시작되면서 음악다방 가는 횟수가 조금씩 줄어들었다. 주말 이면 강촌으로 강화도로 남이섬이며 여주 신륵사로 쏘다니기 바빴다. 그때는 요즘같이 주 5일 근무도 아니고 겨우 토요일 오전 근무 마치면 배낭 메고 버스 타고 다녔지만, 그 고생도 즐거웠다. 같이 있다는 것 이 좋았고 뭔가를 같이 한다는 게 좋았다. 강화도 마니산에 올라갔다 가 하산 길을 잘못 들었다. 고생고생 생고생을 했어도 마주 보고 웃 을 수 있어 행복했다. 하루는 강촌 등선 폭포를 여유롭게 보고 나서였 다. 텐트 칠 자리를 만든다고 풀섶을 휘휘 젓는데 독사가 고개를 빳빳 하게 세우고 우릴 쳐다보고 있었다. 그 바람에 혼비백산 도망을 치면 서도 잡은 손은 놓지 않는 사이였다. 그렇게 마음에 '핑크뮬리'가 점점 노을처럼 번져갔다. 호사다마(好事多魔) 좋은 일에는 마가 낀다고 하 던가, 그토록 사랑했지만 이별은 소리 없이 다가오고 있었다.

그 시절엔 여자 나이 스물하나 둘이면 결혼 적령기로 봤었다. 그녀 는 나 보다 두 살이나 많았고 연상의 여자와 결혼 한다는 게 요즘같 이 쉬운 시절이 아니었다. 산 넘어 산이고 절벽 같은 반대에 부딪히기 일쑤였다. 추석을 핑계 삼아 그녀의 부모님께 인사를 드리고 왔었다.

그러고 나서 한 달쯤 지났는데 갑자기 그녀의 아버지가 올라오셨다. 못 간다는 그녀를 억지로 잡아끌어 택시에 태우고 순식간에 사라져 버렸다. 제대로 인사도 못 한 우리의 마지막은 그렇게 끝났고 마치 벼락 맞은 기분이었다. 나뭇잎이 우수수 떨어지는 부평공단 길을 하염없이 걷고 또 걸었다. 도둑맞듯 헤어진 후로 보고 싶다는 몇 편의 편지를 받았다. 하지만 매일 보낸 내 답장은 전해지지 않는지 왜 그렇게 소식이 없냐고도 했다. 분명 내 편지는 검열을 당한다고 생각했다. 그러다 소식이 점점 뜸해지더니 급기야 우리는 남남이 되어버렸다.

아무것도 하기 싫었다. 세상이 텅 비어 나 혼자 있는 그런 느낌이었다. 무엇을 해도 그녀 얼굴이 먼저 떠올라 아무것도 할 수가 없었다. 삼백예순 하고도 며칠을 술이 나를 먹었다. 술을 먹어야 잠시나마 잊을 수 있었다. 퇴근하면 포장마차를 전전하며 그녀에게 날아갔다. 쓰라린 가슴을 진정시키는 데는 많은 시간과 술만 한 게 없었다. 해가 바뀌도록 방황을 했고 못난 나 자신을 원망하며 지냈다. 밉다가도 보고 싶었고 궁금하다가도 화가 치밀었다. 그렇게 상처는 조금씩 무뎌져 가고 있었지만, 흉터는 오래도록 지워지지 않았다.

겨울이라고 기억한다. 잘 있으려나, 아직도 날 기억할까 하는 생각을 하면서 길을 걷고 있었다. 걷다가 보니 그녀를 처음 만났던 그 음악다방 앞이었다. 이름이 아마 피렌체로 기억하는데 정확하진 않다. 들어가면 상처가 돋을까 봐 몇 번을 망설이고 망설이다가 들어가 보았다.

변함없이 그대로다. 그녀와 웃고 떠들던 테이블도 그대로였고 좌석 배치도 음악실도 그 자리에 그냥 있었다. 없는 거라고는 그녀가 없다는 것이었다. 물론 나의 초라하게 변한 모습도 더해야 했다. 디제이도 바뀌어 있었다. 여자보다 긴 머리를 굵은 파마를 한 남자였다. 동굴 같은 바리톤 목소리에 체크무늬 남방이 제법 잘 어울리는 사람이었다. 그날 이후 아주 가끔 그 다방에 들러 멍하니 창밖을 내다보며 흩어진 추억을 홀짝이는 버릇이 생겼다. 잘 지내는지, 나를 잊었는지, 온통 그녀 생각으로 여분의 시간을 축내고 있었다. 시나브로 아픈 나의 피 끓는 청춘이 캐럴 속으로 저물어가고 있었다.

여느 때처럼 아무 생각 없이 '핑크레이디'라는 칵테일 한 잔 시켜 놓고 창밖을 보고 있었다. 창밖에는 제법 큰 눈송이가 떨어지고 있어 크리스마스 기분이 물씬 나는 날이었다. 팔짱을 끼고 걷는 사람들로 거리가 가득했다. 물론 잔뜩 어깨와 등에 눈을 짊어지고 종종걸음을 치는 사람도 있다.

여기저기 크리스마스 캐럴이 거리를 메운 틈바구니로 한 해가 저물고 있었다. 그때는 주로 코미디언들이 부른 캐럴이 대부분이었다. 암울한 시대기에 그런 식으로라도 웃고 싶었지 않나 싶다. '심형래'가 부르는 '징글벨'과 '북 치는 소년'은 귀에 들어오지도 않았다. 그저 초점 잃은 눈으로 창밖을 내다보고 있는데 종업원이 껌을 딱딱 씹으며 다가왔다. 눈으로 무슨 일이냐고 물었고 그녀는 저쪽 테이블 아가씨의 심부름이라며 김이 모락거리는 커피 한 잔을 내려놓고 갔다.

테이블을 바라보니 키가 늘씬하고 얼굴이 계란형인 아가씨가 빨간 베레모를 쓰고 앉아 있었다. 고맙다는 손 인사를 하였고 그녀도 가벼운 목 인사를 했다. 순간 벌떡 일어서서 내 자리로 오더니 다짜고짜 곁에 앉으며 "안녕하세요!" 인사를 했다. 어정쩡하게 머뭇거리는데 '오래전부터 지켜봤는데 혼자인 것 같다.'며 악수를 청했다. 누군가 이별의 상처는 만남으로 치료한다고 했었다.

그때 무슨 이야길 했는지 지금은 기억도 안 난다. 중요한 것은 당돌하게 다가온 그녀가 참 어여뻤다는 것이다. 그녀가 스스럼없이 내 팔짱을 끼고 그 음악다방을 걸어 나오는데 등 뒤로 '패티 페이지'의 '체인징 파트너'가 흘러가고 있었다. 오랜 시간이 흐르고 보니 그것도 한때의 추억이다. 하지만 아직도 '스모키' 노래를 들으면 심장이 허락도 받지 않고 쿵쿵거린다.

아마 얼굴은 늙어도 마음은 그때 그 시절에 멈춰 있으니 집사람 말대로 참 철이 없는 것 같기도 하다. 지금도 내 핸드폰 벨소리가 '스모키' 노래다.

헉!!

집사람에게 전화가 온다. 물론 '스모키'의 달빛을 타고 온다.

4

나 좀 살려줘

'꽝' 소리가 난 것 같은데 그 후로는 아무 소리도 안 들렸다.

차가 빙글빙글 돈다고 느꼈고

이렇게 죽는 거구나 생각했다. ……

차가 뒤집히면서 목이 꺾여 있었다.

더구나 의자와 앞 유리창이 밀착되면서

내 가슴을 압박하고 있었다.

가만히 있으면 정말로 죽을 것 같은 생각이 스치는 순간

모든 힘을 끌어모아 눌린 가슴을 뽑아냈다.

가슴이 빠져나오면서 갈비뼈가 부러지는 느낌이 들었지만

숨은 쉬어졌다.

-본문 중에서

나 좀 살려줘

흑백 사진 같은 이야기입니다.

그해 12월에 고향을 지키던 친구의 많이 늦은 청첩장이 날아왔습니다. 그런데 알고 보니 동창끼리 결혼을 한다는 것이었습니다. 그렇게 만날 거면 일찍 만날 것이지 했습니다. 받아 놓은 날짜는 쉬 가더니 어느결에 낼 모레면 그 녀석 장가가는 날이 되었습니다.

마침 같은 부평에 살고 있던 '비희(가명)'라는 여자 친구가 같이 내려가자며 전화가 왔습니다. 혼자 천 리 길을 가려면 심심하기도 하고 지루할 거라 생각했었는데 잘된 일이었지요. 흔쾌히 그러자 하고 고속버스 터미널에서 만나기로 약속을 했습니다.

날짜 맞춰서 인천터미널로 갔지요. 그때만 해도 이 몸이 워낙 술을 좋아했던 터라 도착하자마자 아무 생각 없이 매점에 들러 캔 맥주 네 병, 안주로는 오징어 한 마리를 사 들고 버스에 올랐습니다. 비희는 먼저 와서 자리를 잡고 날 기다리고 있었습니다. 오랜만에 만난 고향 친구이기도 했고 비희나 나나 그때는 들고 다니는 거보다 넣고 다니길 좋아했던 사람들이었습니다. '오크통'이라 버스가 출발도 하기 전에 각자 맥주 두 캔씩 기분 좋게 비웠습니다. 술맛이 기가 막혔지요. 고향 친구와 고속버스 의자에 앉아 맥주 마셔 봤습니까? 그 맛이 죽여줍니다. 그때까지만?? 좋았지요. 다가오는 불상사는 꿈에도 생각 못 했고요. 사실 알 수도 없었습니다.

남자와 여자의 구조가 다르다는 걸 그날 실감했습니다. 왜냐고요? 아 글쎄 맥주를 두 캔씩 들이켜고 나서 버스가 출발했는데 하늘에서 펄펄 눈이 내리기 시작하지 뭡니까. 때맞춰 친구가 슬슬 방광에 신호가 온다는 겁니다. 나야 워낙 대용량으로 둘째가라면 서러운 사람이었습니다. 술집에 가도 마지막까지 화장실에 안 가는 사람이기에 까맣게 몰랐던 겁니다. 솔직히 아예 생각을 못 했던 겁니다.

맥주는 '클러스터'가 작아서 흡수가 빠르고 금방 신호가 오고 뭐 이런 건 다 남의 사정이었습니다. 나하고는 전혀 상관없는 이야기였지요. 그렇지만 시간이 갈수록 비희가 점점 연탄불에 올려놓은 오징어 흉내를 내는 것이었습니다. 처음에는 어떠냐고 물으면 '참을 만해.' 그러더니 점점 얼굴이 노오랗게 변해가는 거였어요. 안 되겠다 싶어 운전기사분에게 다가가서 사정을 이야기하고 차를 잠시만 갓길에 세워 달라고 했습니다. 공손하게 손을 모으고 부탁을 드렸는데 단칼에 안 된답니다. 아무 데서나 정차를 하고 손님을 내려 드리면 벌금을 많이 낸다는 것이었습니다. 벌금만 낸다면 '그까이꺼 내가 줄 테니까 세워

주쇼!' 하겠는데 벌점이 나오고 징계를 먹고 뭐 그런다는데 방법이 없
대요. 차창 밖에는 흰 눈이 펄펄 내리는데 하나도 예쁘지 않았습니다.
원수 같은 눈이 오니까 차는 점점 더 밀리고 갈수록 '거뷔기'보다 천천
히 기어가는 '재규어'가 날렵하게 그려진 고속버스였지요.

남자 같으면 뭐 좀 창피하더라도 맥주 캔이나 비닐봉지에다 어찌했
을 겁니다. 그런데 비희는 나하고 길이가 다른 겁니다. 어떻게 할 수
가 없대요. 그냥 참는 수밖에 없었는데요. 이 친구 얼굴이 노란 걸 넘
어서서 검푸른 빛을 띠기 시작했습니다. 급기야 내 소매를 붙들고 요
상 야릇한 자세로 매달리며 살려 달라고 했어요. 어떻게 해야 살려 주
는 건지 지금도 잘 모르는데 그때는 더욱이 알 수가 없었지요. 남자
같으면 고무줄 감아 꼭 붙들어 주겠지만 여자는 도통 방법이 없대요.
나는 애원하는 팔을 뿌리치고 기사 아저씨에게 사람 하나 살려 달라
고 다시 한번 부탁을 드렸습니다. 이러다가는 의자 밑에서 사라 태풍
버금가는 홍수가 날지도 모른다고 살짝 겁을 줬지만 정 참기 힘들면
그렇게 하라고 배짱으로 나오는 겁니다.

신호가 오고 장장 두 시간이 지나가고 있었으니 이 친구 거의 초주
검이 됐겠지요? 기사분이 십 분만 참아 보래서 돌아와 비희에게 십
분만 참으란다고 말했다가 귀싸대기 맞을 뻔했습니다. 십 분은 고사
하고 일 초도 참기 힘든 표정이었습니다. 그렇게 내 팔에 매달려 시
경, 서경, 역경도 아니고 사경을 헤매고 있었습니다. 그동안 네 발로
기어가던 버스가 드디어 휴게소로 들어갔습니다. 휴게소 간판이 돌아

가신 어머니만큼 반가울 줄 예전엔 미처 몰랐습니다. 한참 시간이 흐르고 화장실에서 나오는 비희 얼굴이 더없이 환해 보였지요. 글쎄 화장실 안에서 그때는 좀 비싸다 싶은 '라도'라는 여자 손목시계를 주웠다면서 웃고 있습니다. 아까 제 팔에 매달려 아랫도리에 힘주던 아이가 아니었지요. 참 인생이란 한 치 앞을 볼 수 없는 것이 맞습니다. 고생한 게 생각나서 분실물 신고하라는 소리는 차마 못 했습니다.

그렇게 요란을 떨며 참석한 친구 결혼식은 잘 치렀습니다. 뒤풀이로 전주에 나가 불빛 번쩍번쩍하는 곳에서 발바닥 때를 좀 과하게 벗겼지만, 친구 부부는 지금도 전주에서 잘살고 있고요. 오징어 흉내 내던 비희도 부평에서 두 눈이 시퍼렇게 살아있기 때문에 실명은 못 밝혀요. 친구지만 여차하면 앙갚음으로 명예 훼손이네 뭐네 소송 들어올 수도 있잖아요.

아쉬운 건, 그날 그 버스처럼 시간이 더디 가면 좋으련만 그 친구나 나나 어느 사이 거의 육 십km 넘어 달리고 있습니다.

이젠 남은 시간을 잘 정리해서 뒷모습이 예쁜 내 친구들이 되길 바라면서 나를 아는 지구상의 모든 분의 안녕과 캔 맥주는 아무 데서나 마시지 말기를 부탁드리면서 펜을 놓네요.

불변의 진리

혈액형이 잘못된 걸까.

부천 대장동에 살 때였다. 아들은 성격이 예민한 것인지 괴팍한 것인지는 몰라도 초등학교 1학년 입학하면서부터 속을 썩였다. 입학하고 처음 며칠은 잘 다니는 것 같았다. 그런데 하루는 학교 갔던 녀석이 가방을 들고 불쑥 들어오는 것이 아닌가. 왜 돌아왔냐고 물으니까 선생님이 가라고 해서 왔다는 것이었다. 생전 듣도 보도 못한 일이었다. 선생님이 학교 간 아이를 집으로 가라고 했다니 이게 도무지 말이 안 되는 소리였다. 그래서 학교로 전화를 하고 선생님께 무슨 일이냐고 물어보았다.

사건의 발단은 여자 짝꿍이었다. 짝꿍이 못생겼다고 이 녀석이 옆에 앉지를 못하게 성질을 피웠단다. 그뿐만이 아니고 운동장에서 단체로 춤을 추는 시간에도 손을 못 잡게 했단다. 손잡고 달리기나 뭐 하여간 손잡을 일이 있으면 그때마다 손잡기 싫다고 나뭇가지를 가져

와서 그 양쪽 끝을 서로 잡고 했단다. 선생님이 타이르고 달래보고 별 짓을 다 해도 이 녀석은 짝꿍을 바꿔 달라며 떼를 썼다는 것이다. 그래서 버릇을 가르치려고 가방 싸가지고 집으로 가라고 했다는 것이다. 대부분 아이는 울면서 잘못했다고 다신 안 그런다고 빈단다. 그런데 아들 녀석은 주섬주섬 가방을 싸더니 '안녕히 계세요' 그러면서 집으로 가더란다. 기가 막혀서 잡을 생각도 안 하고 가만 내버려 둬 봤다는 것이었다. 설마 가다가 돌아오겠지 했지만 영 안 오더라고 오히려 선생님이 기가 막혀 했다. 그래서 가능하면 짝꿍을 바꿔 주시면 안 되겠냐고 제 엄마가 사정해서 예쁜 여자아이로 짝을 바꿔 주었다. 미안한 이야기지만 사실 내가 봐도 좀 안 생긴 아이였다.

그 뒤로 이 녀석은 누굴 닮아 그러는지 아침도 안 먹고 학교에 간다고 나서는 것이었다. 그렇게 손도 안 잡았다던 녀석이 아주 짝꿍 아이 손이 닳게 생겼다. 학교 갈 때도 그 애 집 앞에서 기다리질 않나, 오면서 바래다주고 오질 않나 지극정성이었다. 먹을 게 생기면 몰래 가져다주고 오기도 했고 집에 데리고 와서 같이 놀기도 했었다. 그 때문에 제 엄마에게 죄 없는 나의 인성을 의심하는 발언을 여러 번 듣게 만들었다. 불효막심한 놈 같으니라고….

한 번은 이런 일도 있었다. 아이들에게 곧잘 다리 밑에서 주워 왔다고 놀리고 그랬었다. 말을 안 듣거나 고집을 부리거나 하면 '네 엄마 저기 다리 밑에서 풀빵 장사하니까 찾아가라.'고 으름장을 놓고 그럴 때였다. 대부분 그렇게 말하면 '아니야. 거짓말이야!' 뭐 이러면서 잘

못했다고 해야 맞는 게 아닌가. 그런데 아들 녀석은 어떻게 된 녀석이 엄마 찾아간다고 가방을 싸 들고 길을 나서는 것이었다. 그래서 어쩌나 보려고 저만치 떨어져서 뒤를 밟아 보았다. 참 어이가 없어서, 글쎄 이놈이 버스 정류장에 도착해서는 떠나려는 버스를 붙들고 운전사와 이야길 하고 있었다.

"아저씨, 우리 엄마가 다리 밑에 산다는데 거기까지 태워주실 수 있어요?" 그러는 게 아닌가. 버스 기사님이 대충 눈치를 채고 '이 버스는 네 엄마 있는데 안 가는 버스야.'라고 하니까 그제야 정류장 바닥에 주저앉아 버둥거리면서 막 우는 것이었다. 놀린 게 미안하기도 하고 안쓰럽기도 해서 부부가 아들에게 빌어가며 집에 안 온다는 걸 간신히 꼬드겨 데리고 오기도 했었다.

그런데 그게 천성인지 아니면 혈액형이 잘못된 건지 몰라도 성인 되고 낼 모래면 나이가 불혹인데도 그때나 지금이나 똑같다. 참고로 나는 A형이고 아들 녀석은 집사람과 나를 반반씩 닮았는지 AB형이다. 제 누나도 AB형이라 그런지 성질부릴 때 보면 지나가던 사람도 '아~! 남매구나.' 아마 그럴 것이다. 문제는 딸내미 두 아들 그러니까 손주 녀석 중에서 막내 녀석이 판박이같이 제 삼촌을 닮았다는 게 문제다. 이 녀석 역시 누구한테 지지도 않고 맞지도 않고 잘 못 했다고 빌지도 않는다.

둘째 손주 녀석이 한 번은 학교에서 친구에게 주먹질했단다. 그런데 맞은 녀석이 질벅질벅 건든 모양이었다. 쉽게 말해 맞을 짓을 한 것이었는데 선생님은 전후 살피지도 않고 때린 둘째 손주만 나무란 것이었다. 그래서 벌준다고 점심을 먹지 말라고 했는데 점심시간이 끝나도록 잘못했단 소리를 안 했다는 것이다.

그런데 그것이 하루에 끝난 것이 아니고 여러 날을 그런 모양이었다. 하루는 지쳐서 들어오는 손주를 보고 딸아이가 '너 왜 그래? 왜 그렇게 기운이 없어?' 하니까 그때서야 선생님이 점심을 안 줬다고, 굶으랬다고 하더라는 것이다. 딸도 성질 더러운데 곧바로 선생님에게 전화해서 자초지종을 물어보지도 않고 애를 굶겼다고 그 어린 게 얼마나 배가 고프고 먹고 싶었겠냐고 한바탕 난리가 났었다.

사실을 알아보니까 손주 녀석이 몇 번이나 그만하라고 해도 자꾸 건드려서 패 줬다는 것이었다. 그래서 다음부터는 때리지 말고 선생님께 말하라고 시켰다.

아들 녀석과 둘째 손주 녀석은 생긴 것도 거의 흡사하게 생긴 데다 성격이 까칠해서 거의 뼈만 걸어 다닌다. 그에 비해 큰손주는 제법 오동통한 내 너구리다. 큰놈은 육식을 좋아하면서 군것질도 잘한다. 거기에 비해 작은 녀석은 채식을 좋아하면서 입도 짧다. 한 배에서 나왔는데 완전 딴판이다. 제 형이 이것저것 먹어도 되느냐고 제 엄마에게 허락을 구하고 있으면 옆에서 그런단다.

"그만 좀 처먹어~!" 그러면서 제 형 옆구리를 쿡쿡 찌르면서 "이거 어쩔 거야, 이 삼겹살 어쩔 거냐고~?" 그렇게 핀잔을 준다고 한다.

그래도 모두 고마운 녀석들이다. 크게 아파서 속 썩이지도 않았고 공부도 잘해서 제 엄마 아빠 어깨도 으쓱하게 해주는 녀석들이다. 옛 말처럼 말썽 좀 피우면 어떻고 사고를 치면 얼마나 칠까 싶다. 다 한 때인 것이고 커가면서 모두 제 앞가림은 할 것이다. 아무쪼록 건강하게만 자라주면 더는 바랄 게 없다.

그러고 보니까 손주 녀석은 제 아빠를 닮았나?

사위는 냇가에 키우는 집오리가 수십 마리 떠다니며 놀고 있는 것을 재미있다고 돌을 던져서 몽땅 죽인 적도 있다고 했다. 물론 그날 안 맞아 죽고 내 사위가 된 것이 용하지만 말이다. 그러니 그 피가 어디로 갔을까. 괜히 내가 몽땅 뒤집어쓸 뻔했다. 아무튼 아들 녀석과 둘째 손자 녀석은 하는 행동이나 말하는 것이나 성질 피우는 것이나 어쩌면 그렇게 닮았는지 모른다.

피는 물보다 진한 게 맞다. 아무리 생각해 봐도 불변의 진리다. 참고로 나는 얼마나 착한지 모른다. 명절에 옷이 없어 고향에 못 간다는 현장 반장에게 양복 벗어주고 마누라한테 맞아 죽을 뻔했었다. 나는 고로코롬 착허다. 사람들이 모두 법 없이도 살 사람이라고 내 앞에서는 꼭 그런다.

참말이다. 우리 아들은 누굴 닮았지??

세창이 오빠

'주간경향'이나 '선데이 서울'을 아십니까?

그 암울했던 시절 7080 때 매주마다 한 권씩 나오던 대중 잡지였지요. 연예인들 뒷이야기나 사회적으로 큰 반향을 불러일으킨 사건 사고나 잡다한 이야기들을 엮은 잡지였어요. 지금으로 따지면 마땅히 비교 대상이 없지만, 그 시절엔 누구나 손에 한 권씩 들고 전철이나 버스를 타고 다니던 가십거리였지요. 그런 잡지 맨 뒤편에는 '펜팔'란 이 있었고 거기엔 주소가 있었는데 대부분 군인 아저씨나 공장에서 일하는 아가씨 또는 가물에 콩 나듯 여학생들이 섞여 있었던 그 잡지를 혹 아시는지요.

하루는 선데이 서울을 보고 있었는데 펜팔란 주소에 '기세창'이라는 좀 특별한 이름을 가진 군인이 내 눈에 들어왔습니다. 부평구 작전동에 세 들어 부평공단에 다니던 친구와 자취를 하고 있었는데 이 녀석이 자꾸 '너는 글씨가 여자같이 예쁘다'며 한번 편지를 해 보라는 거였어요. 이 녀석도 장난이라면 한 수 하는 녀석이었습니다. 지금은 천안에서 자영업을 하며 잘살고 있지만, 그때는 나와 둘이 눈만 마주쳐도 이리저리 장난감을 찾던 시절이었지요. 글씨체가 제법 여자라 해도 믿을 만한 난 드디어 '이진숙'으로 세창이 오빠에게 펜팔을 시작하였습니다. 그날부터 편지 쓸 때는 장호가 아니고 갑자기 진숙이가 되었답니다. 바야흐로 운명의 펜팔이 시작된 것이었지요.

  – 오빠! 오늘은 뽀얀 안개가 꼭 내게 다가오는 오빠의 마음 같아요. 새벽으로 찾아와 아무도 모르게 내 창문을 들여다보는 저 아침 안개는 전방 부대에 계시는 오빠가 저에게 보낸 부드러운 마음일 거라 생각합니다. 내 볼을 어루만지는 안개 속으로 멋진 오빠를 생각하면서 즐거운 하루의 일과를 시작하러 갑니다. 오빠도 오늘 하루 멋지게 지내세요.

  – 오늘은 밤비가 오는군요. 내 마음이 비로 내리나 봐요. 한 번도 못 본 오빠의 얼굴을 그리며 잠 못 이루는 밤, 비는 눈물처럼 내리고 있고 눈 떠도 보이지 않는 오빠는 지금 전방에서 무얼 하고 있을까, 유리창에 오빠 얼굴을 그렸다 지웁니다.

뭐 이딴 닭살 돋는 이야기를 주고받으며 지낸 지 한 팔 개월쯤 흐른 어느 화창한 일요일 아침이었답니다. 느닷없이 어떤 군인이 날 찾아

왔다고 주인아주머니가 자고 있는 나를 부르는 것이었어요.

"누~구~세~요?"

"기세창이라고 하는데요. 이 집에 '이진숙' 씨라고 안 사시나요?"

꿈에도 생각한 적 없었고요, 생시엔 그런 생각 하면 소름이 확 돋을 만한 이야기지요. 이런 일이 발생할 거라고는 정말 상상도 못 했답니다. 그런 일은 드라마에서나 일어나는 일이라 생각해야 맞는 걸 겁니다. 이 망할 세창이 오빠가 날 찾아온 거였어요. 일주일 휴가를 받았는데 날 보려고 집에도 안 가고 찾아온 건데요 놀래서 기절하는 줄 알았습니다.

'헉~!!! 니가 여기 왜? 군대에서 편지나 쓸 일이지~.' 하고 생각했지만, 현실은 눈앞에 오빠가 늠름하게 서 있는 거였어요.

'이 일을 우야믄 좋노….' 속으로 생각했지만 이내 대답해야 했어요.

"네, 제가 진숙이로 편지를 보낸 사람입니다."

그랬더니 빤히 쳐다보고 한동안 말이 없다가 천천히 입을 열었어요.

"그럼 여태 당신이 편지를 보낸 거였나요?"

"죄송하지만 그렇습니다."

한참을 또 말이 없던 이 아자씨가 뒤돌아섰다가 바로 섰다가 안절부절못하더니 갑자기 막 웃는 겁니다. 순간 미쳤나보다 생각했지요. 내가 너무 큰 충격을 주었나보다, 너무 화가 난 나머지 저런 식으로 미쳐 버리면 내가 데리고 살아야 되나? 책임을 져야 하지 않을까? 심각했었어요. 하느님에게 부처님 전에 첨으로 이 아자씨 그냥 군대로 돌아가게 해 달라고 간절하게 부탁도 드렸었지요. 그러고 있는데 이 아저씨가

"이것도 인연인데 우리 악수나 한 번 합시다." 그러면서 손을 척 내미는 거였어요. "어차피 진숙 씨 보러 온 길이니 오늘 나랑 술이나 한 잔 합시다." 그러는데 이 구릿빛 피부의 세창이 오빠가 너무 멋있게 보이는 거였어요. 화가 날 만도 한데 승질 부리지 않고 참 믿음직했어요. 한순간 찰나였지만 내가 진짜 진숙이었으면 좋겠다, 생각만, 순전히 생각만 그렇게 했었지요. 우리는 다정하게 하나, 둘, 불이 켜지는 포장마차로 걸어가고 있었고요.

어쩌면 그렇게 글씨체가 여자 같으냐, 난 진짜 여자인 줄 알고 잘 사귀어서 결혼도 생각해 보려고 왔다. 그런 이야기며 군 생활이 힘들지만 잘 참고 견뎌라, 그리고 제대하면 한번 찾아 와 줘라, 그때는 코가 삐틀어져 보자, 그런 이야기가 포장마차 알전구에 덕지덕지 붙어서야 자취방으로 어깨동무하고 돌아왔었지요.

다음날 일찍 일어나서 나보다 한 살 위인 그 오빠를 위해서 콩나물 북엇국을 끓였어요. 나를 보려고 찾아온 님?? 인데 그 정도는 해줘야 될 것 같았거든요. 아침상을 받은 그가 국을 후루룩 마시더니 느끼하게 말했어요.

"진숙 씨가 끓인 북엇국이 정말 시원하고 속이 확 풀리는데요."

그래서 우리는 서로의 얼굴에 밥풀을 잔뜩 붙여 주었었지요.

그렇게 아까운 휴가를 일주일 내내 낮엔 자고 밤엔 소주 먹으러 다니던 그이?가 귀대하는 날 부평역까지 배웅을 나가서 고무신(군인의 애인) 역할을 충실하게 해줬어요. (오해는 하지 말아 주세요. 우리는 진짜 아무 일도 없었어요, 손도 안 잡고 잤단 말이어욧.) 그 후로도 한동안 편지가 오고 갔지만 시나브로 간격이 멀어지더니 언제인지 모르게 소식이 끊어져 갔지요.

그 일이 벌써 사십 년이 흘러가고 있습니다. 이젠 얼굴도 가물거리는 세창이 오빠지만 '같은 하늘 다른 곳에 있어도 부디 나를 잊지 말아요.'(이건 유행가 가사 같은데) 어쨌거나 한번 찾아오세요. 머리가 하얀 진숙이가 소주 한 잔 사려고 많이 기다리고 있거든요, 세상에서 제일 징그러운 세창이 오빵~!!

송중기 할아버지

얼마 전 '태양의 후예'라는 드라마가 인기리에 방송된 적이 있다. 주인공은 유명 배우인 '송중기'와 '송혜교'가 맡아 열연을 한 작품이었고 내가 알기론 꽤 인기를 끌었던 드라마로 안다. 그 인기에 편승해 우리 집의 아홉 살 열 살짜리 아가씨 셋은 열다섯 살 이하는 봐서는 안 되는 그 드라마를 넋을 놓고 보고는 했다. 물론 보지 말라고는 했지만, 그것이 나는 '바담 風' 해도 너는 '바람 風'을 하라는 것 같아 거의 같이 보는 지경에 이르렀다. 그렇게 시간이 지나면서 드라마는 점점 인기를 끌었다. 아이들은 여자 주인공보다 남자 주인공인 '송중기'에게 관심을 더 가졌다. 급기야 전화번호를 알아다 달라고 나에게 부탁을 하는 지경에 이르렀다.

참으로 난감한 일이 아닐 수 없었다. 내가 그 사람을 만나본 적도 없거니와 적지 않은 나이에 찾아가 전화번호를 알려 달라고 할 수도 없었다. 시간이 지나면 잊어버리겠지 했는데 아니었다. 퇴근을 하고 집에 들어서기 무섭게 전화번호를 가져왔냐며 다그치는 손주 녀석에게 내 전화번호를 '송중기' 번호라고 가르쳐 주고 말았다.

그때까지 녀석들은 내 전화번호를 까맣게 모르고 있었기에 메모를 하고 전화에다 입력하고 세 녀석이 법석을 떨었다. 할아버지 고맙다고 인사하는 것도 빼먹지 않는 착한 녀석들이라 속이는 게 은근히 마음에 걸렸다. 이미 날아간 뻐꾸기, 어쩔 수가 없었다. 그것으로 '송중기' 전화번호는 일단락되었다고 생각했다.

봄기운이 완연한 어느 날 일하는 공사 현장에서 인부들에게 작업 지시를 하고 있는데 전화가 왔다. 큰녀석 '은서' 목소리였다. 내가 뭐라고 할 새도 없이 말을 걸어왔다.

"송중기 아저씨~!! 저는 '은서'라고 하는데요. 한번 만나보고 싶어요!"

그러는 게 아닌가. 뭐라고 대답할 말이 없어서 우물거리고 있었다. 잠시 망설이다가 '나는 송중기 아저씨가 아니고 할아버지'라고 대답해 줬다. 그런데 이 녀석이 이해를 못 하고서 '송중기'가 늙은 할아버지인 걸로 착각을 했다. 내 전화 목소리를 못 알아들었다. 금새 실망 가득한 목소리로 풀이 죽어서 대충 인사를 하더니 끊어 버렸다. 미안하기도 하고 안쓰럽기도 했다. 급기야 잘못 채워진 단추 구멍같이 거짓이 거짓을 낳고 말았다. 그렇게 실망한 손주가 너무 풀이 죽어 있어서 안 돼 보였던지 제 엄마가 그 전화번호는 송중기 것이 아니고 할아버지인 내 전화라고 가르쳐 주고 말았다. 그랬더니 세 녀석이 할아버지가

'송중기'냐고 따라다니며 묻기에 성가셔서 그렇다고 해버렸다. 원래 할아버지가 '송중기'였다고 훤한 대낮에 새빨간 거짓부렁을 하고 말았다. 그랬더니 믿는 것 같기도 하고 아닌 것 같기도 하였다. 이상하다는 듯이 고개를 갸우뚱거리며 마당을 한참이나 왔다 갔다 서성거리고 있었다. 이 녀석들은 벌써 알고 있었다. 나만 착각을 하고 있었던 것이다. 드라마를 눈이 빠지게 본 녀석들이 모를 리가 만무했다.

문제는 그다음부터다. 이 녀석들이 뭔가 필요한 게 있으면 콧소리를 섞어가며 "송중기 할아버지~!!" 불러 놓고는 작은 것부터 시작해서 점점 큰 것까지 요구가 이만저만 많은 게 아니었다. 집 앞 느티나무에 그네를 매달라 질 않나, 트리하우스를 지어 달라질 않나, 지들 필요할 때만 나를 '송중기화' 시키고 있다. 학교가 끝나고 걸어오기 싫으면 여지없이 나는 전담 기사인 송중기 할배가 된다. 통닭 생각이 나도, 피자가 먹고 싶어도, 짜장면이 당겨도 난 도망도 못 가는 송중기 할아버지가 돼야 했다. 오죽하면 중국집 안주인이 나를 보고 '짜장면을 진짜 좋아하시나 봐'라며 짜장면에 미친 사람 취급을 할까 싶다.

그렇게 말 한번 잘못해 가지고 근 2년을 팔자에 그림자도 안 보이는 송중기 할배 노릇을 해야만 했다. 송중기 할배라고 거짓말 한 죄로 들어간 돈도 솔치 않게 많다.

하지만 어쩌랴, 눈물을 머금고 감수해야 했다. 거짓말한 죄인이라 이를 꼬옥 물고 참고 있다. 그렇게 두 해가 지나가니까 이 녀석들 입에서 '송중기 할아버지'라며 날 부르는 소리가 점차 뜸해지고 있다. 요

귀여운 악동들 손아귀에서 점차 벗어나고 있어 홀가분해야 맞다. 그런데 무슨 이유 때문인지 섭섭해지는 마음은 또 뭔지 모르겠다. 어쩌면 내가 당해 주는 것이 즐거웠던 것 같기도 하고 은근히 기다리기도 했는지 참말 모를 일이다. 직업상 객지에 있다가 간만에 집에 가면 두 팔 벌리고 뛰어나오는 작은 아가씨들이다.

언젠가 크면 어릴 때 너희들이 그랬다고 말해 주려고 한다. 아주 악당들이었다고… 모르긴 해도 길길이 뛰면서 지들은 착하기만 했다고 오리발 내밀 게 뻔하다. 아무렴 어떠랴 그래서 이렇게 움직일 수 없는 증거를 내가 글로 적고 있다. 제깟 것들이 오리발 내밀어 보았자 물거품이지.

낼 모레 주말에는 작은 아가씨들이 있는 집에 가야겠다. '송중기 할아버지'라고 부르지 않아도 좋고 팔 벌리고 뛰어나오지 않아도 좋다. 세상에서 제일 예쁜 녀석들이 기다리는 집에 가 봐야겠다. 녀석들 먹고 싶다는 것 모두 사서 두 팔에 가득 들고 '송중기 할아버지' 왔다고 해 봐야겠다. 나보다 봉투를 더 반기겠지만….

시동은 발로 끄는 거야

"소장님! 오늘 그냥 지나가는 겁니까?"

"왜? 오늘 무슨 일 있는 거요?"

"오늘 오전만 일하고 닭이나 몇 마리 사 주십시오. 초복 아닙니까."

그해 여름 나는 양촌 포대 개보수 현장에 소장으로 일했었다. 인부들은 거의 철원에 사는 분들로 형이나 아재뻘 되는 사람들이었다. 젊은이는 힘든 일은 안 하려고 하고 안 시키려고 했다. 그래서 나보다 젊은 친구들은 그때나 지금이나 공사판에서 찾아보기가 하늘에서 별 따기였다.

인부들이 이야기하는데 책임자가 모른 체하면 체면이 아닌 것 같아 아무리 일이 바빠도 그러자고 했다. 하루쯤 몸보신도 해주고 쌓인 스트레스도 풀어 주자고 생각했다. 그래야 일도 잘하고 사고도 덜 나니 고기며 술을 사 오라고 인부 하나를 시장으로 보냈다.

오전에 일을 정리하고 인부들을 데리고 철원에 있는 금학산으로 올라갔다.

해발 913미터 정도인데 학이 날개를 펴고 있는 모양새라 하여 붙은 이름이다. 산이 깊어 여름에는 사람이 많이 찾는 그런 곳이다. 산기슭에 불상이 있는 조그만 개울로 열대여섯 명이 간 것 같다. 물가에 솥단지를 걸고 닭을 삶았다. 가져온 술이며 과일은 냉장고 대신 시원해지라고 개울에 담가 놓고 복달임을 하였다. 먹고 마시며 놀다 보니 어느덧 시간이 흘러 해가 뉘엿뉘엿 기울었다.

술이 거나하게 취한 인부들은 삼삼오오 무리 지어 앉아 있었다. 옆사람과 어깨동무를 하고 이야기를 하는 사람, 서로 내가 잘하고 네가 잘못한 거라고 목에 핏대를 세우는 사람, 젓가락 장단에 노래하는 사람 제각각이었다. 나도 그렇지만 술이 들어가면 목소리가 커지고 그냥 이야기 하는 대도 꼭 싸우는 소리로 들릴 때가 많다.

내가 빠져 주는 게 좋을 것 같아 슬며시 일어나 집에 가려고 자동차 있는 길로 내려왔다. 내려오는데 목공소 김 사장하고 미장일하는 키작은 송 씨가(*이름은 못 밝힘, 아직 철원에서 일함) 따라 내려오는 것이었다.

먼저 내려온 목공소 김 사장이 화물차에 시동을 걸어 놓았고 뒤따라 내려온 송 씨가 한잔 더하고 가자며 김 사장을 자꾸 붙들었다. 안된다고 술 먹으면 집에 못 간다고 김 사장은 연거푸 사양하였다. 그러자 송 씨는 화물차 머플러를 막아서 시동을 꺼버리겠다고 술김에 객기를 부렸다. 그러더니 갑자기 화물차 꽁무니에 매달려 슬리퍼 신은 발로 매연이 나오는 머플러 끝을 힘주어 막았다. 나는 그러면 시동이 꺼지는 건가 보다 하고 서 있었다. 아니 진짜로 꺼지나 싶은 게 호기심이 생겨 지켜보고 있었다. 궁금한 걸 못 참는 내 성격 때문이다. 그런데 잠시 엔진 소리가 안 들리나 싶더니 폭발음이 들렸다.

"뻥~!!!"

슬리퍼 끝에 힘을 주는 순간 잠시 잠깐 매연이 안 나오나 싶었다. 그런데 폭발음이 들리고 발이 미끄러지면서 몇 년 동안 쌓인 까만 매연이 한꺼번에 튀어나왔다. 켜켜이 묵혀 두었던 머플러 청소를 제대로 한 거였다. 온통 새까맣다. 얼굴이며 앞가슴이랑 머릿속, 하다못해 귓속까지 까맣다. 말로 하기는 좀 그런 중요한 앞자락까지 앞쪽은 모두 연탄을 비벼 놓은 듯이 까맣다. 아니 그보다 훨씬 더 까맣게 칠을 하고 서 있었다. 멋쩍었는지 히~이 하면서 웃는데 이빨하고 눈동자만 하얗게 반짝이는 것이 순간 탄광에서 연탄 캐다가 나온 줄 알았다.

"으하하하하하하하하…!!" "푸하하하하하하하하…"

나하고 목공소 김 사장하고 웃다가 비포장 길바닥에 쓰러져 굴렀다. 송 씨는 몸집이 자그마해서 꼭 깜장 콩 같았다. 얼마나 웃었는지 나중에는 뱃가죽이 아프고 숨 쉬는 게 힘이 들어도 참을 수가 없었다. 자기 얼굴이 안 보이는 송 씨는 우리가 웃자 영문도 모르고 따라 웃는데 그게 더 웃음을 못 참게 만들고 있었다. 내가 세상에 태어나서 그렇게 웃어본 것이 아마 처음이자 마지막일 거다. 한참을 그렇게 굴러다니며 웃었다. 빠진 배꼽을 간신히 수습하고 일어나니 송 씨는 씻는다고 냇물에 들어가서 비누도 없이 빠르게 문질러댔다. 한참을 그렇게 물에서 씻다 나온 송 씨는 까만 매연이 지워지다 말아서 눈두덩이 꼭 중국 판다 곰 같았다. 부처님도 아마 웃다가 졸도했을 것이다. 그날 놀러 갔던 인부들 모두 배꼽이 제자리에 붙어 있는 사람 없을 거다.

그런데 이 매연이란 게 기름으로 만들어진 것이라 그런지 아무리 문질러도 물에는 잘 씻기지 않았다. 우리는 목욕탕에 가서 불려가지고 씻으라고 했다. 그러자 '이 삼복더위에 어떤 골 빈 놈이 목욕탕 문을 여냐!'면서 괜히 성질을 부렸다. 우리는 그 모습에 또 배꼽을 쥐고 뒤집어졌다.

목공소 김 사장은 캠코더가 어디 없냐면서 이거 찍으면 상품은 열 개도 더 탈 거라고 했다. 그 당시에 각 방송국에 비디오 촬영한 걸 보내면 잘 된 거나 웃기는 건 상품을 주는 게 유행이었다. 그래 그런지 방송국에 못 보내는 게 한스럽다고 신발을 벗어 가지고 땅을 치며 통곡하는 시늉을 했고 그 모습에 또 자지러졌다. 겨우 웃음을 멈춘 우리는 까만 송 씨를 어둠으로 감춰 집에 데려다주었다. 대문만 살며시 열어 들여보내고 불똥이 튈까 봐 도망치듯 돌아서 나왔다. 집으로 돌아가면서도 혼자 킥킥거렸다. 잘 지워지지 않던데 그 형수님 오늘 송 씨 씻기느라 그 밤에 고생깨나 했을 거다.

오늘도 건강하게 철원에서 도로 경계석 놓으며 구슬땀 흘리고 있을 송 씨! 요새는 발로 시동 안 *끄시나*??

엿 드세요

　건축 현장에서 사용하던 복사기를 집에 가져다 쓰고 있었다.

　그런데 이놈의 복사기가 뻑 하면 멈춰 서서 아무리 꼬드겨도 움직일 생각을 하지 않을 때가 많았다. 가끔 두들겨 패야 말을 들었다. 그래도 맞을 때뿐이고 지 기분 내키는 대로였다. 어떨 때는 인쇄를 한 이십여 장 시키면 홀수로 할 때도 있고 짝수로 할 때도 있었다. 이건 뭐 순전히 지 맘 가는 대로였다.

　중간을 몽땅 잘라 먹고 인쇄를 하지 않나, 글씨를 알아볼 수도 없게 흐릿하게 하질 않나, 두고 볼 수가 없었다. 나야 문학반 수업이 있는 화요일에나 시나 수필 한두 장 했지만, 문제는 며느리였다. 며느리는 유치원 영어 교사라서 한 번 인쇄하면 양이 좀 많았다. 애들 교육 자료를 뽑으면 한 장 두 장으로는 되지를 않았다.

　그렇게 고물 복사기가 행패를 부리던 어느 날이었다. 일을 마치고 집에 와보니 택배가 와 있었다. 신형프린터가 도착해 있었다. 견디다 못한 며느리가 큰맘 먹고 새로 산 거였다.

프린터 상자를 개봉해서 전기를 꽂고 하라는 대로 설치를 하고 있었다. 얼마 전까지는 CD에 프로그램을 깔아서 보내주었다. 그런데 요즘은 인터넷에 연결하면 다 된다. 인터넷에서 제품 종류를 찾고 제조번호를 쓰면 프로그램이 알아서 달려와 척하니 깔리는 게 대부분이다. 그렇게 반 정도 설치를 마쳤는데 프린터 회사에서 메일이 도착해 있었다. 특별 우대기간이라고 AS 기간을 평소보다 1년 더해서 도합 2년 동안 해준다는 것이었다. 우리 며느리도 주부라 그런지 혹해서 달려들었다. 이마가 그리 넓지도 않은 것 같은데 공짜라면 머리칼도 밀어 버릴 기세다. 곁에 앉아서 같이 이벤트에 응모하기로 했다.

어차피 며느리가 산 제품인지라 이벤트 응모도 며느리 이름으로 진행을 했다. 이름, 전화번호, 이 메일 주소, 진짜 주소 등 모든 인적 사항을 며느리 것으로 했다. 그래야 다음에 서비스받기가 편할 것 같아서였다. 한참을 이벤트에 열중하고 있는데 제품고유번호 그러니까 '시리얼 넘버'를 쓰라는 칸이 있었다. 그다음에는 어디서 구입하고 얼마를 줬고 뭐 이런 시시콜콜 한 것까지 모두 기입을 하라는 것이었다. 등록 버튼을 누르면 무슨 칸을 채워라 또 등록하면 무슨 칸이 비었다. 그러면서 등록은 안 되고 시간이 거의 한 시간을 훌쩍 넘어가고 있었다.

그때부터 슬슬 부아가 치밀기 시작했다. 사용할지 안 할지 모르는 AS 기간 연장 때문에 이 고생을 하나 싶어 슬금슬금 짜증이 올라왔다. 그래도 이왕 시작한 거 끝은 내야지 하면서 꾹 참고시키는 대로 다 하며 확인을 눌러댔다.

어느 정도 한 것 같은데 '시리얼 번호가 정품이 아닙니다. 다시 한 번 확인하세요.' 이런 메시지가 뜨면서 영 등록이 되지를 않는 거였다. '내가 잘못 썼나?' 생각하면서 두 번 세 번 확인 했지만 분명 맞는 번호였다. 그런데 등록 버튼만 누르면 계속 같은 문자가 나오면서 다시 확인하라는 것이었다. 십여 번을 그러고 나니까 곁에 있던 며느리도 화가 났는지 "에이! 안 해, 하지 마세요." 그러는 거였다. 그래서 중간에 확 덮어 버리고 싶었지만 오기가 발동했다. 오기로 치면 둘째 가라면 서운한 사람이 나다. 혹 빈칸을 채우지 않아서 그러나 싶어 다시 한번 확인했다.

선택사항이라고 돼 있는 곳까지 모두 다 채웠다. 어차피 안 될 거로 생각하고 모든 칸을 성의 없이 적어 나가고 있었다. 선택사항이란 것은 원래 내 마음대로 해도 되고 안 해도 되는 걸로 나는 안다. 그래도 혹시 하는 마음에 빈칸을 채워 가던 중에 '상품평'을 쓰라는 칸이 나왔다. 은근 부아가 치민 상태라 장난 반 진심 반으로 '엿 드세요'라고 썼다. 다분히 절반 정도는 진심으로 욕도 해주고 싶었던 것이다. 개발새발 다른 칸도 아무렇게나 채우고선 확인을 눌렀다. 그런데 '뭐 이런 개 같은 경우가 있나.' 이게 그냥 '등록됐습니다.' 그러면서 화면이 바뀌는 거였다. 이걸 어째야 하지? 순간 머리가 하얗게 되는 것 같았다. 그러나 이미 엎질러진 물이요 떠나간 배였다. 되돌릴 수가 없던 것이다.

곁에서 턱 바치고 바라보던 며느리가 방바닥을 뱅글뱅글 굴렀다. 배꼽을 잡고 거의 숨이 깔딱 넘어가도록 웃고 있었다. 제품 등록이 당연히 안 될 줄 알고 '엿 드세요'라고 써놨는데 글쎄 이게 그대로 등록이 돼 버린 것이었다. 아마 이벤트 담당자가 속으로 그랬을 것이다. 이 여자가 왜 나에게 욕을 한 걸까, 제품이 맘에 안 드나? 내가 못생겼나? 한참 헛갈렸을 것 같다. 다행히 내 이름으로 한 게 아니고 며느리 이름으로 등록을 해서 차~~암 다행이었다.

'엿 먹어라'고 안 쓴 게 얼마나 다행인지 몰랐다. 드시라고 했으니 그나마 존중이 저변에 깔린 욕 아닌가 말이다.

며느리가 한참 웃고 나더니 자기를 욕 잘하는 여자로 만들었다고 예쁘게 눈을 흘긴다. 누가 그럴 줄 알았냐고 변명을 했다. 속으로 '웃기는 지가 나보다 훨씬 더 웃고 왜 저런대' 했다. '그럼 이 나이에 내가 전국적으로 욕먹으면 좋겠냐?'고 속말을 했지만 미안했다. 이벤트 담당자한테도 미안했고 며느리에게도 미안했다. 신중하지 못한 나를 책망했지만, 겉으론 아무 일도 없는 것처럼 헛기침을 했다.

그날 저녁, 욕을 아주 잘하는 여자로 만든 보상으로 고소한 기름에 튀긴 닭을 두 마리나 사주었다. 그것도 맥주까지 곁들여서 배달시켜주었다. 물론 나도 몇 조각 얻어먹었다. 느닷없이 며느리를 욕쟁이로 만들었지만 미안한 생각은 사실 멸치 똥만큼 들었다. 그게 그런 상태에서 등록이 될 줄은 꿈에도 몰랐다. 알았으면 거기다 '엿 드세요'라고 썼겠습니까. 사회적 지위와 타의 모범이 돼야 하는 사람이 설마 그러진 않았겠지요. 아무튼 느닷없이 욕먹은 이벤트 담당자님께 이 자리를 빌려 다시 한번 심심한 사과의 말씀을 드리며 두서없는 글을 줄인다.

와노타워에서 생긴 일

뚝딱거리는 소리가 귀에 잔잔하다. 나는 이 소리가 듣기 좋다.

컨테이너 현장 사무실에 앉아 감리 서류를 정리하고 있다. 검측 요구서며 사진첩도 만들어야 하고 결재 서류도 만들고 있다.

작년 8월 말쯤 시작한 상가 건물에 책임자니 별수 없다. 내 손으로 해야 한다. 손은 컴퓨터 자판에 있어도 귀는 현장에서 나는 소리 곁에 서 있다. 뭔가 요란하게 떨어지는 소리가 난다. 달려 나가니 거푸집 해체하는 소리다. 휴우~ 사람 다치지 않아 다행이다.

목소리라도 크게 들려 다투는 소리가 나면 그것도 가슴을 들썩이게 한다. 한순간도 마음 놓을 수 없는 현장 관리자, 안전사고에 제일 민감할 수밖에 없다.

서울에 있다가 아산으로 내려와서 여기 인부들을 잘 모른다. 어차피 회사 대표님이 이곳에서 오래 공사를 했으니 조언을 구해야 했다. 지하 굴착하는 업체도 오랜 세월 같이 했다고 했다. 참 일들을 잘했다. 알아서 척척 하는 게 믿음이 가는 분들이었다. 서너 달 걸려야 할 공사를 두 달 남짓에 마무리했으니 말이다. 더구나 큰 안전사고 한번 없이 일하는 게 좋았다. 작업 지시를 하면 항상 웃으며 대답을 했고 말 안 해도 내 의도를 알아차려 먼저 해놓고는 했다. 다음번 공사가 있으면 당연히 같이하고 싶은 사람들이다.

지하 굴착하는 업체뿐 아니라 목공, 철근 팀도 마음에 들었다. 총 책임 사장님은 성씨가 '최' 씨였다. 날짜가 가면서 '이름값을 하는 구나'라는 생각이 들었다. 급하기는 바지도 안 내리고 소변볼 양반이었다. 목공 팀장도 기술이 상당한 사람이었는데 꼭 같이 붙어서 말다툼을 자주 한다. 똑같은 일을 서로 생각이 달라 큰소리 나기 일쑤였다. 팀장은 성격이 하나하나 차분히 마무리 하는 성격이고 최 사장님은 솥에 쌀 부으면 숭늉 찾을 분위기였다. 목소리 크고 성격 급한 사람들이 악인이 없다고 한다. 역시 그랬다. 기껏 말다툼하고 나서는 우리 팀장 기운이 떨어진 것 같다고 약 해 오는 그런 사람이었다. 그래서 목공 팀장하고 나하고 최 사장 별호를 '투덜이'로 지어 놓았다. 물론 본인은 까맣게 모르지 싶다.

요즘 공사 현장 인부들은 대부분 동남아나 중국, 아니면 러시아 사람이 많다. 내 현장에는 러시아 친구들이 제일 많다. 우리나라 인부는 찾기도 힘들고 설령 있다고 해도 인건비가 비싸 수지 타산이 맞지를 않는다. 그것뿐만이 아니고 대부분 대학을 나온 사람들이라 힘든 일을 안 하려고 한다.

나 어렸을 땐 기술 배우는 게 삶의 지름길이었는데 불과 40여 년 만에 참 격세지감을 느낀다. 하긴 대학 나와서 청소부 시험 보는 그런 바람직한? 친구들도 가끔 보기는 한다. 부모 세대가 잘못 가르친 영향일까 아니면 세월이 그럴까 참 어렵다. 각설하고, 이 친구들 이름은 영어를 거꾸로 매달아 놔서 잘못 부를 사람들이 많다. 어느 땐 이름 부르면 꼭 욕하는 것 같기도 하다. 아무개 스키, 아니면 니꼴라이, 뭐 그런 식의 이름들이 많다. 니꼴라이나 알렉스는 양반이다. '스발노무스키'도 있다. 내 짧은 영어 실력으로는 도대체 이름이 뭔지 알 수 없는 친구도 있다. 하지만 서로 말은 안 통해도 표정으로 인사하고 대화한다. 어쩌다가 나이 어린 친구에게 '밥 먹었어' 그러면 '머거써' 그런다. '왜 반말해' 그러면 '너도 반말하잖아' 그렇게 되받아친다. 이걸 그냥 콱~~.

그다음으로 많은 게 중국 친구들이다. 중국 사람이나 조선족 인부가 아니면 우리나라 전 아파트 현장이 공사가 중지될 정도로 많은 것 같다. 이 친구들 이름은 그래도 내가 발음 할 수 있는 허용치 안에 있다. 어려워 봤자 '니하오마'지 싶다. 큰 어려움 없이 부르고 산다. 한글의 위대함을 몸소 느끼면서….

건축물 이름이 'W-와노타워'다. 와노타워는 건축주 성함 김완호 씨에서 발음대로 따온 것 같은데 W는 왜 꼽사리 껴 있는지 아직 모른다. 언제 건축주에게 날 잡아 물어볼 요량이다. 이 양반은 고생깨나 했나 보다. 얼굴 마주치면 밥 먹자가 인사인 걸 보면 배도 곯아 본

분 같다. 어느 날 술을 한잔하자 시기에 따라갔다. 오래된 횟집이었는데 주차장이 없었다. 요즘 주차장 없으면 장사하기 힘든데 퀄리티가 남하고 다른가 했다. 요리는 그런대로 잘 나왔다. 술을 잘 안 마시는 분이 무슨 일로 술을 다 먹자고 할까 했다. 전날 가깝게 지내던 분이 하늘 부름 받지 않고 억지로 먼 길 떠났다고 한다.

그 사람은 외로웠을까, 힘이 들었을까, 여러 가지 생각이 들었다. 외롭고 힘들다고 갈 세상이었다면 난 아마 손으로는 꼽지 못할 만큼 가고 또 갔다. 사람이 자기 손톱 밑에 가시가 제일 아픈 것이지만 그런다고 그렇게 가는 건 아닌 것 같다.

누구나 아픔은 있다. 아무리 돈이 많은 사람도 아픈 곳 있는 것이고 돈 없이 살아도 걱정은 있다. 누가 더 괴롭다고는 확정할 수 없지만 다 아프게 산다. 산다는 건 고해의 바다를 건너는 것이라 하지 않는가. 힘들고 괴로워도 오늘을 버티고 내일의 꿈을 꾸며 사는 건 희망이 있어서 아닐까. 누구나 꼭 이루고야 말겠다는 꿈 때문에 산다. 산다는 것은 살아내는 것이다. 소같이 힘이 들어도 살고 새벽 고드름처럼 외로워도 산다. 어느 한순간 이깟 세상 원 없다는 생각이 들어도 입술 깨무는 것이다. 살다 보면 비도 맞고 눈도 맞고 그러다 보면 햇살에 스르르 녹기도 한다. 길을 가다 보면 돌부리에 걸려 넘어지기도 하고 가시밭길도 간다. 어떻게 반듯하고 편안한 포장도로만 걸을 수 있을까. 인생, 그렇게 순탄하게 살면 참 재미없을 것 같다.

그렇게 술이 몇 순배 돌고 건축주분이 우리 상가 이름이 왜 '와노타

워' 인지 아느냐고 묻는다. 성함에서 따온 것 아니냐고 했다. 아니란
다. 세상에 이런 억지가 없다. '와이리 좋노'의 준말이란다. 분명 이름
에서 발음대로 따온 것인데 속이 빤히 보이는 거짓부렁이다. 그러니
부를 때 '와이리 좋노' 그러란다. 좀 억지스럽지만 괜찮은 것 같다. 이
왕이면 다홍치마라고 해석하기 나름 아닌가 싶다. 무슨 일이든 나쁜
것보다야 좋게 해석하는 긍정적인 게 얼마나 좋은가. 어려운 것도 아
니고 뵐 때마다 '와이리 좋노' 그래야겠다.

밖이 시끄럽다. 최 사장하고 목공 팀장이 다투는 소리가 들린다. 내
일 크레인을 불러서 작업을 해야 하는데 시간이 맞네 안 맞네 옥신각
신 목소리가 커진다. 저런 모습도 살아 있으니 보는 풍경이다. 이 아
니 좋은가. 우리 최 사장 흉 하나 더 봐야겠다. 일하다 보면 분명 그럴
싸한 화장실을 내가 사다 놨어도 무용지물일 때가 많다.

남자들이라 그런다. 아무 데나 지퍼만 내리면 만사 오케이다. 하루
는 건축주분이 사무실로 쓰는 분양사무실 앞에다 우리 최 사장께서
시원하게 일을 본 모양이다. 커피 한잔 얻어먹으려고 들렀더니 사무
실 여자 실장님하고 건축주분이 그런다. 누군지 사무실 유리창 앞에
다 볼일을 봤단다. 주의를 주라고 말씀하셨는데 내 얼굴이 다 뜨겁다.
그러면서 엄지손가락을 내보이면서 한마디 하신다. 쪼그마한 걸 어디
다 대고….

현장에 돌아와서 최 사장 불러 놓고 인부들 조심하라고 했다. 그랬
더니 본인이 그랬다고 한다. 어이가 없다. 그래서 엄지손가락 보여줬

다. 분양사무실 경리 실장이 그러더라고 쬐~~그만한 거 내놓고 다니지 말라고 했다. 화를 벌컥 냈다. 자기건 고추가 아니고 가지래나 뭐래나. 됐네요!! 싸장님.

은서 傳

사는 곳이 접경지역이라 그런 것 같다.

평상시 동생들과 같이 노는 걸 보면 육군 대장이 따로 없다. 동생이 둘 있는데 이 아이들을 졸병 삼아 거의 군사 훈련을 시킨다. 심부름을 시켜 놓고는 "빨리빨리 움직인다! 쉴시!!" 이러질 않나, 학교 갔다 오면 문간에 서서 "다녀 왔습니다!" 이러질 않나, 선 머슴아가 따로 없는 10살짜리 계집아이 손주 '은서'다.

그렇게 사내로 태어나려다 계집아이로 돌변한 녀석이 주말부부인 제 아빠가 집에 오는 날이면 목소리부터 확 뒤집는다. 보진 않았지만, 황진희가 서화담을 만나거나 춘향이가 이몽룡을 만날 때나 나올법한 목소리다. 콧구멍 하나를 막고 혀를 접어서 허파에 바람을 빼고 목소리를 배배 꼬면 되는 소리다. 그게 무슨 소리냐고 물으면 나도 어떻게 설명할 방법은 없다.

어린 게 어찌 저렇게 돌변할 수가 있을까 신기할 따름이다. 조선에 있는 아양은 다 떨어 가면서 제 아빠를 꼼짝 못 하게 한다. 목에 매달려 갖은 여우짓을 다 하는 걸 보노라면 신비스럽기 그지없다. 여인이란 자고로 어리거나, 젊거나, 꼬부라져도 애교 있는 여자가 좋다. 나 혼자만의 생각이다. 그 아니꼬운 광경을 한참 보고 있으면 슬슬 부아가 치밀 정도로 콧소리가 심하다. 그렇다고 소리를 지르자니 내가 이상한 것 같고 그냥 못 본 체하자니 지난 설에 먹은 떡국 넘어온다.

우리와 있을 때는 소도 때려잡을 것 같다가도 제 아빠만 오면 안 아픈 데가 없다. 팔도 아프고 눈도 아프고 허리도 아프고 곳곳이 다 아프다. 주물러 달래지를 않나 '호'를 해 달라지 않나 참 혼자 보기 아깝다. 오히려 동생들은 안 그러는데 저 혼자 아빠를 독차지하고 옴짝달싹 못하게 하는 아이다.

그러다가 제 아빠가 일을 가고 나면 언제 그랬냐는 듯이 육군대장으로 되돌아온다. "차렷, 열중쉬어!" "뛰어간다, 실시!" 또 제 동생들 데리고 마당에서 군사 훈련을 시키고 있다. 그래도 맏이라 그런지 책임감은 강해서 등교할 때 보면 동생들을 보살피며 살뜰히 챙긴다. 학교에 도착하면 잘 도착했다고 제 엄마에게 믿음직스럽게 보고도 잘하는 귀여운 녀석이다.

그런 우리 은서는 낚시도 곧잘 한다. 휴일에 짬 내서 낚시라도 갈라치면 먼저 나서는 녀석이다. 언젠가 같이 낚시 갔다가 한번 해 보겠다고 떼를 쓰는 바람에 낚싯대를 건네준 적이 있다. 그 후 어찌나 귀찮게 조르는지 아주 전용 낚싯대를 장만해 주었다. 하루는 같이 낚시를 하는데 어찌 된 일인지 나는 한 마리도 안 잡히는데 이 녀석이 연거푸 두 마리나 잡는 이변이 일어났다. 잡은 고기를 들고 음흉한 미소를 지으며 슬금슬금 내 곁으로 다가오더니 아주 뼈에 금 가는 한 마디를 툭 던지고 갔다.

"할아버지~! 할아버지가 낚시를 알아요?"

아~! 이 무신 개망신이란 말인가. 그러더니 저는 어복을 타고났다나 뭐라나 참 기가 막히고 코가 막힌다. 그 뒤로는 낚시를 갈 것 같은 낌새만 보여도 같이 가자며 앞장을 선다. 뭐 나보다 실력이 한 수 위니 떼놓고 갈 핑계도 마땅히 없다. 또 할아버지가 낚시를 아느냐고 자존심에 금가는 소리나 듣지 않길 바라면서 모시고 다니는 신세다.

전화를 끊더니 아빠가 오고 있다며 좋아서 방방 뛴다. 아직까지는 머슴아 같다. 몇 시간 후면 또다시 재작년 추석에 먹은 송편 거슬러 올라오겠지만 말이다. 떨어져 있어서 그런지 만나는 날에는 부쩍 어리광이 심하다. 그걸 가만히 보고 있으면 안쓰럽기도 하다. 정도가 좀 지나치다 싶지만 어린 게 아빠가 얼마나 보고 싶었으면 저럴까 싶다. 올 연말쯤에는 분가해서 지들끼리 살려고 준비 중이니 더는 떨어져 있지 않아도 될 것 같다.

하루는 이사 가면 할아버지도 같이 가는 거냐고 물어왔다. 나는 안 간다고 했더니 그러면 지금 사는 집을 가지고 가겠다는 녀석이다. 여기선 뛰거나 소리를 지르거나 노래를 해도 누구 하나 시비 거는 사람

없으니 배짱은 편한 집이다. 그렇지만 도시로 나가면 발뒤꿈치부터 들고 걸어야 할 텐데 사내 같은 녀석이라 걱정이다.

"다녀왔습니다."

아들이 인사를 하며 들어선다. 제 아빠를 보더니 또 혀가 느닷없이 가출해 버렸다. "아빠 와떠여~!! 밥 안 머거띠!" 저 눈꼴 시린 꼬락서니를 저녁내 또 봐야 한다. 불과 몇 분 전까지 동생에게 이단옆차기 하던 녀석인데 갑자기 혓바닥 절반의 행방이 묘연하다. 방바닥을 다 뒤져 보아도 저 녀석 혓바닥은 안 보인다. 혀를 반쯤 삼키는 마술인가 싶다. 이건 뭐 일주일 만에 만나는 연인도 아니고 해석 불가능한 혀 짧은 소리를 해대는데 참으로 속이 메슥메슥 거린다. 소화제는 이래서 항상 구급약으로 사다 놓아야 한다. 뭔 할 말이 그렇게 많은지 밥상머리에서부터 화장실 앞까지 따라다니며 조잘거린다. 일주일 동안 있었던 동네 이야기부터 학교 이야기까지 연결된다. 도무지 끝마칠 기미가 보이지 않는다.

"아빠~!! 나 어제 아빠 뽀고시포 꿈꼬또"

에이 증말…

"누가 소화제 좀 주세요~!!"

응급실의 그 남자

　살얼음이 유막(油幕)처럼 깔린 도로에 차가 뒤집혀 있었다.

　전날 회식 자리에서 좀 달렸던 게 화근이었다. 여관을 달세로 얻어 놓고 인천 송도에 있는 '셀트리온'이라는 회사를 짓고 있었다. 아침에 일어나니 그날은 머리가 무거운 것이 영 운전하는 건 아니란 생각이 들었다. 그래서 같이 일하던 동료에게 내 차 운전을 부탁했다.

　그런데 경인방송 앞 고가도로를 달리는데 너무 속력을 많이 내는 것이었다. 곁에 타고 있던 내가 좀 천천히 가라고 했다. 살얼음이 낀 도로였다. 브레이크를 잡는 것 같았는데 차가 휘청거리기 시작했다. 반대 방향으로 핸들을 돌리는가 싶은데 벌써 차는 반쯤 뒤집힌 상태로 반대편 차선 쪽으로 넘어가고 있었다. 반대편에서 25톤 덤프트럭이 얼핏 보이는 순간 충돌을 하겠다 싶었다.

　'꽝' 소리가 난 것 같은데 그 후로는 아무 소리도 안 들렸다. 차가 빙글빙글 돈다고 느꼈고 이렇게 죽는 거구나 생각했다. 순간이었지만 몇 시간은 족히 지난 것 같았다. 얼마의 시간이 흘렀는지 모르겠다. 정신을 차리고 보니 여기가 지옥인 것 같았다. '싸이렌' 소리, 자동차 경적소리, 누군가 악쓰는 소리, 살려달라는 소리, 그야말로 생지옥이었다.

그런데 숨을 쉴 수가 없었다. 차가 뒤집히면서 목이 꺾여 있었다. 더구나 의자와 앞 유리창이 밀착되면서 내 가슴을 압박하고 있었다. 가만히 있으면 정말로 죽을 것 같은 생각이 스치는 순간 모든 힘을 끌어모아 눌린 가슴을 뽑아냈다. 가슴이 빠져나오면서 갈비뼈가 부러지는 느낌이 들었지만 숨은 쉬어졌다. 그렇게 살아난 내가 구급대원 손을 빌어 '인하대 병원' 응급실에 누워있었다.

응급처치를 받고, X-레이를 찍고, 담당 의사가 부러지긴 했어도 경상이라며 다리에 깁스를 해 줘 침대에 누워 한숨 돌리고 있었다. 고개를 움직이는 게 힘든 상태라 반듯이 누워있어야만 했다. 그런데 어디선가 여자 울음소리가 들리는데 아무래도 둘째 딸 같았다. 울음소리가 틀림없는 딸아이 소리였다. 아빠, 아빠 부르며 우는 소리였는데 암만 기다려도 이 녀석이 나타나질 않는 거였다. 고개는 돌리지 못하고 가만히 소리를 들어 보니 다른 남자 침대를 붙들고 울고 있었다. 고개를 간신히 돌려 바라본 그 남자는 어디를 다쳤는지 모르지만, 전신에 붕대를 감고 있어 얼굴도 보이지 않았다.

나는 우리 딸의 아빠가 어떻게 생겼는지 보고 싶었는데 참 아쉽다. 더는 두고 볼 수가 없어 붕대 감은 남자의 딸을 오라고 불렀다. 가까이 다가온 딸은 '아빠 많이 안 다쳤네.'라며 너스레를 떨었다. 많이 다친 것 같지 않다니까 다행이라며 이번엔 나를 붙들고 울었다. 다른 아빠 붙들고 운 게 많이 미안했던 모양이다.

그렇게 도착한 아이들과 사고 경위에 대해 이야기하고 있을 때였다. 이번에는 '여보, 여보' 부르면서 나이 든 여자가 그 남자를 붙들고 울기 시작하였다. 저 남자 집사람이 소식을 듣고 달려왔나 보다고 생각했다. 그런데 자세히 들어 보니 나하고 한 이불 덮는 여자 목소리 아닌가. 갑자기 없던 의처증이 확 생겼다. 딸과 마누라가 나 모르게 뭔 일을 꾸미고 다니는 건지 심히 의심스러웠다. 못 믿을 게 여자라더니 大明天地에 이럴 수는 없는 거였다.

남편을 곁에 뉘어 놓고 어떻게 다른 남자 품에 쓰러져 울 수가 있단 말인가. 내가 아직 죽지 않고 시퍼렇게 두 눈 뜨고 누워있는 응급실에서 버젓이 다른 남자 품에 안겨 운단 말인가. 하늘이 무심치 않다면 무서운 벌을 줘야 한다고 생각했다. 더욱 가관인 것은 그렇게 슬프게 우는 건 처음 봤다는 사실이다. 곁에서 같이 그 모습을 지켜보고 있던 딸내미가 두 배로 무안했는지 서럽게 우는 붕대 감은 남자의 부인을 재빨리 불렀다.

"엄마 거기 아냐."

사연은 이랬다. 나와 같이 일하던 사람한테서 연락이 왔는데 '큰 사고가 났고 죽었는지 살았는지 모른다.'고 하더란다. 그래서 울며불며 택시를 잡아타고 철원에서 인천까지 정신없이 왔단다. 그 정신으로 병원 응급실에 들어서서는 죽을 정도로 다쳤다면 당연히 붕대가 제일 많이 감긴 사람이 나일 거라고 지레짐작했단다. 속은 부러지고 깨졌어도 멀쩡한 내 모습에 많이 섭섭했을지 지금도 알 수가 없다. 가끔 물어보면 '참 어리다 어려' 이러면서 직답을 피한다. 더 수상하면서 의심스럽다. 하여간 그런 이유로 그 남자 품에 안겨 울었다나 뭐라나 하나도 믿기지 않는 이야길 하고 있었다. 기분이 상해서 듣는 변명이라 더욱 믿기지도 않았다.

아무리 그렇다고 모녀가 번갈아 가며 붙들고 울어댄 저 남자는 어떻게 생겼을까. 손사래도 못 치고 속으로 무슨 생각을 했을지 궁금했다. 없던 딸도 생기고 마누라도 둘이나 돼서 좋았을까 아니면 무서웠을까, 지금도 궁금하다.

중상 둘, 경상도 둘, 사망 하나, 그날 사고 여파다. 태백에 살던 착한 사람 하나가 하늘로 갔다. 다행히 나는 조상님이 도왔는지 경상이었지만 안타까운 죽음을 목격했다. 갈비가 부러졌다고 몇 번을 이야기해도, 아니라고, 아니라고 우긴 실력 좋은 의사 덕분에 지금도 갈빗대가 아프다. 돌출된 채 붙어버려서 가슴을 만질 때마다 아프다. 생각하면 지금도 등골이 오싹해진다. 사고는 1초 만에 모든 걸 끝내 버렸지만, 후유증은 심각했다. 그 일로 1년여를 집안에서 지낼 수밖에 없었기에 집사람이 많은 고생을 했다.

가끔 섭섭할 때는 응급실의 그 남자에게 보내버리고 싶다가도 고생만 시킨 사람이라 봐주고 산다. 내가 좀 심심하면 그 남자하고 무슨 사이였냐, 어디까지 진행됐었냐? 물어도 꿀 먹은 벙어린지 도통 말이 없다. 어느 날 얼굴은 잘생겼냐고 물었더니 심심하면 잠이나 자란다. 모두 절박한 순간 착각에서 비롯된 '해프닝'이란 걸 안다. 그렇지만 둘 다 평생 나한테 잘해야 할 거다. 삐끗하면 응급실의 그 남자에게 묶어서 보낼 수도 있으니 말이다. 오늘도 쪼매 심심한데 함 물어볼까.

"그 남자 가슴이 따뜻했어?"

"안 잘래!!!"

한꺼번에 빠질 줄 알았구만유

복숭아가 제법 맛나게 익어 가던 여름밤의 일이다.

여름이 농익어 가면 건너편 산자락 원두막에도 하루가 다르게 먹음직한 복숭아가 볼이 발갛게 익어가던 어느 날. 동네 공터에서 어슬렁거리던 내 눈에 원두막으로 걸어가는 한 여인이 눈에 들어왔다.

일주일에 한 번씩 반찬을 들고 논길을 걸어가는 복숭아밭 안주인이다. 옳다구나, 쪼그만 게 되바라져 가지고 미소 가득한 얼굴로 친구 녀석들을 불러 모았다.

"오늘 밤 복숭아 서리를 할 거니까 저녁 먹고 여기로 모여라."

그때는 그래도 동네 골목대장쯤은 됐으니까 내 말에 토를 달거나 반대를 하거나 그러는 녀석은 없었다.

해가 지고 눈썹달이 내 뺨에 얼굴을 비비는 밤, 고만고만한 네 녀석이 복숭아밭 개구멍으로 기어들어 갔다. 원두막 위에서는 복숭아 지키는 것보다 더 급한 뭔가가 벌어지고 있는 것 같았다. 순전히 그렇다는 것이지 본 것은 아니다. 어찌 됐든 우리는 만약 들킬 경우 쫓아오지 못하도록 원두막으로 올라가는 사다리를 살금살금 소리 안 나게 치웠다. 그리고 그 자리에 원두막에서 소변용으로 쓰던 제법 큰 항아리를 살며시 끌어다 놓았다. 어느 정도는 찰랑거리는 항아리였다. 그렇게 대비를 해놓고 조용히 복숭아 서리를 시작했다.

달밤이라 도통 익은 건지 안 익은 건지 색깔이 구분이 안 되었다. 복숭아를 드문드문 만져보고 딸 수밖에 없었다. 그런데 만지면 익은 건 우리 엄니 젖가슴처럼 말랑말랑하니 왠지 모르게 기분이 좋았다. 복숭아는 생긴 것부터 뭔지 모르게 기분이 좋게 생겼다. 그런데 아무리 조용히 한다고 해도 소리가 날 수밖에 없었다. 나뭇가지 스치는 소리, 복숭아 따는 소리, 속삭이는 소리, 네 녀석이 과일을 따 대니 그 소리가 적막한 시골 원두막에 새벽안개처럼 퍼져나갔다. 기어코 원두막 위에서 두런두런 불이 켜졌다.

"누구여? 어떤 놈이여?"

그러면서 원두막에서 주인아저씨가 급하게 내려오는 소리가 들렸다.

"어이쿠! 풍덩, 와장창, 아이고 나 죽네."

"순이 아버지, 악~! 철푸덕."

뭐 이런 소리가 거의 동시에 들려왔다. 그러거나 말거나 우리는 느굿하게 복숭아를 들고 냇가로 가서 깨끗이 씻었다. 그리고 항상 모이는 친구네 사랑방으로 가서 네 놈이 배가 터져라 먹고 놀다 오밤중에 집으로 돌아와 곤히 잠이 들었다. 대단히 큰 사고가 난 것은 남의 일이었다.

아침 일찍 문밖이 소란스러워서 어렴풋이 잠이 깼다. 어머니하고 과수원집 아주머니 또 아저씨 세 분이서 뭔가 큰 소리로 다투는 듯했다. 나는 어젯밤 사건도 있고 해서 두근거리는 가슴을 억누르고 방문 가까이 귀를 대고 엿들어 보았다.

"우리 애 아빠 오줌통에 빠져서 거의 불구가 됐구만유."

"그러니께 우리 막내가 확실헝가 그말여유?"

"목소리가 이 집 막내아들이 맞당게요, 장호 아니면 그런 짓 할 놈이 이 동네는 없능 거 잘 아시잖유?"

"자고 있응게 일나면 지가 물어 보겠구만유, 암튼 지송해서 어쩐대유. 거시기에 약이라도 쪼까 발랐능가유?"

워낙 시골이라 목소리만 들어도 뉘 집에 몇째 자식인지 다 아는 동네지만 내 목소리를 언제 들었는지 모르겠다. 아마 다른 일로 바빠서 내 목소리는 분명 못 들었을 것이다. 동네에 잡다한 사고를 몇 건 친 것은 있다. 닭서리 해서 삶아 먹은 일, 친구네 토끼 서리해 먹은 일 등등 손으로 꼽기에는 사건이 너무 많아 불가능하다. 그래서 혹 넘겨짚은 것은 아닌지 아직도 모를 일이다. 확실한 증거도 없었는데 어머니는 죄지은 사람처럼 연신 잘못했다고 하셨다. 사실이면 혼내 준다고 하셨고 그 집 아주머니는 책임지라는 소리를 더욱 크게 지르고 있었다.

이야기인즉, 어젯밤에 과수원에 도둑이 들어 급하게 원두막에서 내려오다가 사다리 대신 놓여있던 오줌통에 빠졌단다. 내가 보기에도 오줌 항아리가 족히 석 자가 넘었었다. 뒤따라 내려오던 아주머니는 땅바닥에 흥건히 쏟아진 소변에 얼굴을 처박았지만 크게 다치진 않았단다.

문제는 그 아저씨였다. 항아리로 떨어지면서 하필 한쪽 다리는 통 안으로 다른 하나는 바깥으로 나뉘어서 가랑이가 두 쪽 날 뻔했단다. 다행히 항아리가 깨져서 크게 안 다쳤다고 했다. 항아리가 안 깨지고 다른 게 깨졌으면 어땠을까, 아찔하다. 안 깨지긴 했지만, 여자들은 모르는 남자만의 심각하고 거대한 고통이 있었을 것이다. 그러니 혹시 남자구실을 못 하게 되면 책임을 지라는 뭐 그런 이야기였다. 지금 생각해도 어떻게 책임을 져야 하는 건지는 모를 일이지만 말이다. 만약 내가 책임져야 할 불상사가 생겼더라면, 생각만 해도 등골에 식은 땀 난다.

아저씨는 사립문까지 몇 발짝 가는 데도 오래 걸렸다. 한 걸음 걷고 '엄니 나 죽네' 두 걸음 걷고 '아고고고' 했다. 옆에서 부축하던 아주머니는 '워뗘? 아주 깨진 것 같여? 아주 깨졌으면 난 워치게 산댜.' 이러면서 가고 있었다. 아무리 들어 보아도 분명 엄살은 아닌 것 같았다. 어머니는 병원비를 물어 달라는 아주머니에게 그러마고 달래서 보내

놓고 나를 부르셨다.

"니가, 헌 짓이여?"

"……."

"장난을 해도 사람을 다치게 해서는 안 되는 거시다. 크게 다쳤으면 어쩔 것이여."라면서 나는 어디 다친 데 없냐고 물으시더니 더는 아무 말씀이 없으셨다.

결국 약값으로 네 집에서 각출해 걷은 마른 고추 일곱 가마니가 그 아주머니댁으로 건너갔다. 다행히 아저씨 거기는 별 탈 없이 나았는지 느지막하게 막내딸을 보았으니 남자구실을 못 한 건 분명 아닌 것 같다.

매년 빨갛게 복숭아가 익어 가는 여름밤이면 그 아저씨 비명소리가 귓가에 메아리쳐 오는 '트라우마'에 걸려 나도 힘이 든다. 길을 걷다가도 미친놈처럼 실실거릴 때가 있으니 말이다. 시장을 걷는다거나 과수원을 지나다가 복숭아만 보면 여지없이 그날 밤 달빛에 퍼지던 아저씨 비명이 생생하게 떠오른다. 그리고 매번 느끼는 거지만 팍 안 깨져서 얼마나 다행인지 몰라 긴 한숨을 남모르게 내쉰다.

지금은 먼 하늘나라에 가신 그 아저씨께 죄송한 사과의 말씀을 올린다.

"죄송혀유. 그러게 다리를 오므리가꼬 한꺼번에 빠지셔야쥬, 고로코롬 따로따로 빠질 줄을 지가 알았간디유."

여유로운 잡담

행복은 돈으로 사는 게 아니라고 말들을 하잖아요.

그래도 어느 정도의 행복은 돈이 있어야 한다고 생각해요. 실지로 그렇고요. 요즘 집사람과 나는 돈이 많이 있는 건 아니지만, 아니 아주 없다고 해야 맞지만, 마음은 참 편해요. 아침에 일어나 새벽 공기 마시며 마당 한 바퀴 돌거든요. 뜰에 핀 꽃들 바라보고 자그마한 텃밭에 푸성귀 크는 모습을 보고 있노라면 '행복 참 별거 아니구나.'라는 생각을 하게 되거든요. 며칠 전 집사람이 사다 심어 놓은 배추 모종에 퇴근하고 저녁 무렵이면 물을 몇 번 줬어요. 그런데 자고 일어나서 나가 보면 부쩍 컸다는 걸 느낄 수가 있었지요. 그런 걸 보는 게 참 재미지더라고요. 하지만 저는 농사꾼은 아니에요. 제가 신봉하고 믿는 농법이 따로 있으니까요. 가르쳐 드릴까요? '천하태평 농법'이라고 내가 제일 좋아하는 농사법입니다. 열 개 심고 두 개 먹는 아주 효율적인 방법이거든요. 그래도 뭐 불만은 없어요. 고추 다섯 개 심어 놨는데 남아서 옆집도 나눠 주거든요. 워낙 또 제가 오지랖이라 나눠 먹는 걸 좋아해서 그래요. 혹시 필요 하신 분은 언제든지 전화 주세요. 기대는 많이 안 하시는 게 좋아요. 제 천성이 뭘 기르는데 솜씨가 별로거든요.

집을 지으면서 울타리에 감나무며 체리나무 또 대추나무 등 몇 그루 사다가 심었지요. 두릅도 있고 엄나무도 있어요. 아! 복분자도 심었네요. 보령에 사는 여자 친구가 줘서 얻어다 심었어요. 주면서 복분자는 오강단지가 어쩌고저쩌고했는데 기억이 안 나네요. 그런데 하루는 체리나무에 벌레가 잔뜩 끼어서 나무가 괴로워 하대요. 조금 더 놔두면 죽을 거 같아 보였어요. 그래서 사다 놓은 벌레 퇴치 약을 담뿍 타서 양껏 분무를 해 줬거든요. 그런데 이삼일 뒤에 보니까 한여름이었는데 나뭇잎이 노랗게 단풍이 드는 거예요. 그래서 난 아! 내가 계절을 바꾸는 재주도 있나 보다 그랬어요. 그리고 또 이삼일이 지났는데 이 녀석이 작별 인사도 안 하고 북망산천 떠나가 버렸어요. 껍질을 사알짝 까보니까 바짝 마른 게 마루하고 색이 비슷하대요. 얼마나 슬프던지, 거의 매일 저녁 소주로 시름을 달랬고요. 아직도 마른 나뭇가지인 채로 보란 듯이 서 있어요. 볼 때마다 나의 무식함을 한탄하며 미안한 마음을 가져 보네요. 옆 지기가 그러대요 거 보라고 내 말 안 들어서 그렇다고. 적당히 정량을 타서 뿌려야지 그렇게 많이 먹여서 탈이나 죽은 거라네요. 불난 데 아주 선풍기를 틀더라고요. 그래도 뭐 맞는 말씀이라 그다음부터는 눈곱만큼씩 타서 뿌려요. 농약이 아주

독한 놈이더라고요. 가능하면 '천하태평농법'을 지키며 살아야겠어요.

우리 집에 제가 모시고 사는 러시아 인형 닮은 여자분이 한 분 있거든요. 집집마다 한 분씩 계시지요? 저는 욕심이 별로 없어서 하나만 모시고 살아요. 그런데 이분이 요즘 항아리 욕심을 그렇게 내는데 왜 그럴까 생각해 봤어요. 몸매가 비슷해서 그럴까? 자기하고 비교할 대상을 찾나? 별생각이 다 들데요. 오늘 아침에 출근하려고 나와서 뜰에 서 있는데 자기만큼 배 나온 항아리를 그것도 두 개나 사고 싶은데 어떠냐고 묻데요. 항아리 키 높이가 자기하고 비슷한 것으로 사고 싶다고 하네요. 그래서 마나님 알아서 하시라고 했어요. 내가 반대표를 던져 봤자 이미 '답정너'거든요. 괜히 아침부터 심기 건드려서 좋을 게 없다는 건 내 나이쯤 먹어 본 사람들은 다 알아요. 나는 이제 몸매가 비슷한 걸 안방에서도, 집 밖에 나와서도 눈만 돌리면 어디서든 볼 수 있으니까 얼마나 행복해요. 그렇지요? 행복한 건데 왜 나는 자꾸 눈물이 나려고 할까요. 웃지 마세요! 나는 심각한데 그렇게 비실비실 웃는 건 나쁜 거래요. 오후에 퇴근했더니 장독대 위에 떡하니 두 개가 물을 가득 품고 앉아 있네요. 싸게 샀다기에 물어보니까 오십 만원이나 주고 모셔다 놓았더라고요. 엄청 싸게 사셨더라고요. 옹기점 주인이 짜장면도 사 줘서 먹고 왔다 그러대요. 얼마나 남으면 그럴까요?

한 분뿐인 이분이 아침 일찍 서울에 가신다고 하면서 저녁 늦게 온다고 하네요. 그 말은 밥은 당신이 알아서 먹어라. 그런 말이 내포돼 있는 건지 금방 알았어요. 그 정도 눈치는 있거든요. 무슨 일 때문에 가시느냐고 여쭈어봤더니 〈창작21〉인가 하는 문학동아리에서 무슨 감사패를 받아야 한다고 하대요. 졸필이지만 나도 글 쓰는 사람이고 해서 잘 다녀오시라고 했어요. 이분은 서울로, 나는 아산으로 출근해서 열심히 일하고 있는데 전화벨이 울리대요. '도착은 했고 행사는 저녁 6시인데 나 뭐하지' 그러더라고요. 아침 9시 반쯤 됐을 거예요. 참 빨리도 가셨지 뭐예요. 몸매는 러시아 인형인데 상 준다니까 예산에서 서울까지 날아간 것 같아요. 머리는 안 벗겨졌는데 왜 그럴까요? 그래서 서울 사는 처제한테 전화를 했어요. 언니가 지금 서울 거리를 헤매고 다닌다고 만나서 어찌 좀 해 보라고 했지요. 나중에 물어보니까 남대문 시장을 샅샅이 뒤지고 다녔다고 하대요. 그러면서 구두는 참 못 신겠다고 발이 아파 운동화를 하나 사서 신었다나 뭐라나 그랬어요. 속으로 그랬지요. '어이 러시아 인형! 살을 좀 빼시라고, 그게 구두 탓이냐고.' 물론 입 밖으로는 아무 소리도 못 냈어요. 그 이유는 말 못 해요. 밤 열한 시가 왔다 갔다 할 때에 들어 오시대요. 한 손엔 꽃다발을 들고 한 손엔 상패를 들고 왔어요. 예쁘장한 상패는 거실 문 갑에 자랑스럽게 버티고 있고요. 꽃다발은 책꽂이 위에 놔뒀어요. 그 꽃다발 향기가 집안을 가득 메워서 참 좋아요. 거실문 열고 들어서면 향기가 떼로 덤비지 뭐예요. 참고로 집사람은 수필을 좀 쓰는 편이고요. 시는 한 2% 부족해요. 저는 그 반대고요. 그러니까 모두 이해들 하세요.

이야기가 이상한 곳으로 흘러갔네요. 농사꾼 이야기가 어쩌다가 남대문을 지나갈까요? 저는 농사의 농자도 모르지만, 집사람은 어려서부터 농사를 많이 지어 봤다고 해요. 누에 먹이느라 뽕을 이고 다녀서 키가 안 컸다고 가끔 원망 섞인 이야길 해요. 고추며 배추며 안 해 본 게 없다고 그러더라고요. 그러니 얼마나 농사에 관하여 많이 알겠어요. 저는 고작해야 모내기 하는 날 아버지 아니면 형하고 반말 해 본 게 다거든요. "어이!! 줄 넘겨~!" 그러면서 아버지랑 반말도 해 봤지요. 싸가지 없다고요? 아니거든요. 그 시절 모내기할 때는 거의 전국이 다 그랬을 거예요. 감히 육십하고도 세 살 차이나 나는데 제가 감히….

그런 이유로 저는 베짱이 농군이지만 집사람은 올백이 농군이거든요. 한 가지 이상 한 것은 우리 처갓집은 동리에서 알아주는 부잣집이었는데 딸내미를 그렇게 일을 시켰을까 하는 의구심은 살짝 들어요. 이해가 가는 면도 있고요. 부자가 그냥 부자가 되는 게 아니잖아요. 우리 장모님이 일 욕심이 좀 많았어요. 여든이 넘은 장모님 따라서 산에 능이버섯 따러 갔다가 죽는 줄 알았어요. 얼마나 산을 잘 타시는지 그때 나온 헛바닥이 아직도 안 들어갔네요. 아무튼 농사는 집사람이 저보다 훨씬 많이 알아요.

더불어 어찌나 꽃을 좋아하는지 모르는 꽃 이름이 없어요. 저는 꽃 이름을 딱 두 가지만 알아요. 어여쁜 꽃, 덜 어여쁜 꽃. 두 가지밖에 모르지만 사는 데는 크게 불편한 건 없어요. 전에 살던 철원 집은 세 들어 살던 곳이었어요. 바로 옆이 농기계 수리하는 곳이라 마당에 기름기가 많이 배어 있었어요. 러시아 인형이 그 척박한 땅 모서리를 일구어 동네방네 꽃을 얻어다 심어 키웠어요. 정성 들여 키워서 제법 아담한 미니 정원을 만들어 식구들 정서 함양에 큰 도움을 주었지요. 그래서 예산으로 이사를 하면서는 아주 꽃밭을 큼지막하게 만들어 줬어요. 월세 안 주는 땅이거든요. 제가 옆 지기한테 심고 싶은 대로 맘껏 심으라고 했지요. 진짜로 맘껏 심었나 봐요. 지금 코스모스가 정글을 이루어가지고 뽑아내느라 정신이 없어요. 그러면서 저를 보고 그러네요. "그래도 없는 것보다 꽃이 있으니까 좋지?" "그려~좋아." "그런데 내년에는 코스모스 잎사귀만 보여도 내가 다 뽑아 버릴 거니까 알아서 해." 그랬어요. 아무 대꾸가 없네요. 자기도 코스모스가 너무 많다는 걸 느끼나 봐요. 옆집 드나드는 길까지 점령을 해서 그 집 낭군이 예초기로 베어냈다니까요 글쎄. 그런데 나도 올겨울이 지나고 따듯한 봄이 오면 심으려고 꽃씨를 십여만 원어치 정도 사뒀어요. 이름은 몰라요. 컴퓨터로 '꽃' 검색 해가지고 어여쁜 꽃 보이면 씨를 모조리 다 샀어요. 대충 스무 가지가 넘을 거 같아요. 러시아 인형한테 잔소리는 당연히 들었지요. 그래도 내년에 꽃 필 생각 하면 뭐 승질도 안 나네요. 사실 알고 보면 내가 꽃 기르는 걸 더 좋아하는지도 모르겠어요.

어젯밤에는 옆지기가 등이 결린다고 좀 두들겨 달라대요. 몇 분 되지도 않았는데 그만하래요. 내 팔 걱정을 하네요. 그래도 같이 산 세월이 있어 미운 정일지라도 조금은 남은 게 있나 봐요. 시간이 갈수록 아프다는 곳이 많아서 꽃이나 잘 가꿀까 걱정이 많이 돼요. 뭐 나이가 들면 늙어가는 것이 아니고 익어 가는 거라고 '임영웅'이가 노래를 했지만 하나도 안 믿어요. 우리 둘 다 점점 아픈 곳이 많아지는 걸 보면 분명 늙어가는 게 맞거든요. 그렇다 해도 옆 지기가 나보다 훨씬 더 오래 살았으면 해요. 내가 죽으면 슬퍼서 우는지 안 우는지 꼭 보고 싶거든요. 부부간에 꼭 한 번씩 다음에 태어나면 나를 또 만날 거냐고 쓸데없는 질문들 하잖아요. 우리도 예외는 아니었어요. 그래서 난 이 세상에 다시는 태어나고 싶지 않다고 해줬어요. 동물이나 곤충으로도 이승에는 결단코 안 오고 싶다고 했어요. 그랬더니 안 된 다네요. 자기랑 둘이 태어나서 성별을 바꾸어 꼭 한 번 살아봐야 한다는 끔찍한 말씀을 태연히 하시네요. 입술 깨물고 살아낸 가시밭길, 몸서리치게 차가운 눈초리들, 뭐 하나 내 뜻대로 되지 않는 이승이 뭐가 좋아서 또 오겠어요. 그래도 가끔은 행복하기도 했어요. 아이들 웃음소리에 행복했고 서로 의지가 되어준 주변 친구들이 있어 즐거웠네요. 매일 매일이 힘들고 아프기만 했다면 아마 이 글 못 쓰겠지요. 눈물 속에서도 아침 해는 떠오르고 눈보라 속에서도 가끔 꽃이 피었지요. 그렇지만 이승에 다시 오고 싶다는 미련은 없네요. 그저 옆 지기가 좀 더 건강하게, 오래오래 곁에서 잔소리해 주면 고맙겠어요. 나이가 들어서 철딱서니가 좀 생겼나 봐요. 옛 어르신들이 나이 들면 집사람뿐이 없다고 하시더라고요. 그 말씀이 이제야 이해가 되는 걸 보면 참 철들었지요. 나하고 살아내느라 고생만 시킨 사람이네요. 이제 좀 마음 편히 살까 싶어도 세상일 바람 잘 날 없어요. 꼭 구불구불 산길 모퉁이 돌 듯하네요. 내일은 억지로라도 웃으면서 또 한고비 넘어가야겠어요. 배가 잔뜩 나온 옆 지기 모시고 넘어가 봐야지요.

발효가 잘된 고추장

이재인

문학평론가, 전 경기대 국어국문학과 교수

□ **머리말**

   나는 시인이면서 수필가 김장호를 문학 예술지를 통하여 그 이름을 이미 잘 알고 있었다. 내가 대학 시절 장호 선생님을 스승으로 모시고 「현대시론」「문예사론」 수강을 했다. 그리고 대학원 시절에는 선생님의 논문지도에 있어 그 꼼꼼한 실력을 따라가기 위하여 진땀을 흘려야만 했었다.

   그런데 문예지에서 본 전라도 순창에서 난데없이 돌아가셨던 장호 선생이 환생하셨는가 싶었다. 하여 나는 전라도 대표 문인인 원로 김정오 교수께 문의를 했었다.

   "동국대 교수이셨던 분과 이름이 똑같은 분이지만 건축가 김장호 씨는 전북 진안 출신으로, 철원에서 집 짓는 일을 하는 사람이라고 하는데, 나는 그의 작품의 우수성은 특별히 인정하지만 만난 일은 없구만…."

김정오 교수는 문예지 주간으로 국내 수필가, 시인들의 작품을 세세하게 읽고 계셨다. 그가 그러한 관습적 행위는 자신이 운영하는 문예지에 원고 청탁은 물론 촌평을 쓰고 있기에 일종의 직업의식의 발로라고 생각했다. 그런데 이름만 알고 작품을 읽지 못한 나에게 김장호 시인의 저서인 『묵은지와 겉절이』(2016년 판) 시집을 읽는 기회가 있었다. 뒤이어 그의 아내인 원숙자 수필가의 수필집 『남편은 참새농장 주인』도 읽게 되었다. 그리하여 이들 부부의 화목하고 아름다운 삶의 모습을 리얼하게 마음속에 수용하게 되었다. '이 땅에도 이러한 아름다운 이상과 단란한 꿈을 실현하는 부부 작가가 있다니…. 그들의 의지를 향해 마침내 박수를 보내게 되었다.

　이러한 이유는 최근 김장호, 원숙자 부부 작가가 내가 사는 예산 땅으로 이주해 왔기 때문이다. 그러므로 우리는 필연적으로 이웃사촌이 되었다. 먼 친척보다 이웃사촌이 더 가깝다는 우리네 속담의 뜻을 이제 이해할 만하게 되었다.

　이분들은 남들처럼 돈으로 명예를 사는 무슨 대학의 평생학습센터의 문예 창작을 전공한 적도 없고 전부가 온몸으로 손수 익혀진 체험을, 집 짓는 방법으로 쫀쫀하고도 아귀가 맞는 이른바 논리에 따른 우수한 글을 쓰는 분이라서 타인들보다 더 존경스럽고 믿음직하다. 이는 그냥 주례사식 김장호 부부의 작품의 수월성이나 기교적인 부분을 추켜세우는 인상 비평문이 아니다.

제대로 된 글 공장 운영

김장호 작가는 시인으로서 뛰어난 통찰력과 탐구력을 소지한 사람이다. 그래서 그가 쓰는 시는 자유시 형태의 시이지만 내용적으로 분석하면 담시(譚詩)이다.

우리나라의 시인 가운데 김지하 시인의 『오적』이라는 담시가 있다. 그가 시인으로서 박정희 정권의 일부 부패한 관리들의 참상을 고발하여 마침내 감옥에 수감되어 세계적인 이목을 집중시켰다. 그리고 우리 문학사에 담시로서 장르를 개척한 바가 있다. 김지하 시인의 작고로 인하여 담시의 계승이 끊어지는 애석함이 우리 문단의 걱정거리가 되어있었다.

그런데 김장호의 시는 김지하 시인의 담시에 비하면 그 작가 내면의 세계가 비판과 고발, 그리고 미래를 향한 비전의 농도가 짙어 우리가 주목하는 바가 크다 하겠다. 담시는 비판과 고발로서 문제를 제기하는 것으로 끝나는 게 아니다. 이른바 대안과 미래형 비전이 없는 고발은 고발문학, 그 자체로 끝나는 것이다. 그런데 김장호 시인의 새로운 시 의식과 표현기법은 세련된 어깃장 그 자체이다.

백석 시인이 모던한 지식인이었지만 작품의 형질은 세련된 토속어의 어깃장으로, 독자의 구미를 끌어당기는 테크닉에 우리는 동질감과 더불어 괴리감을 가지게 한다. 김장호 시인의 '시' 그것은 농익은 발효식품으로 우리에게 예술 장르로서의 무해함과 동시에 친밀감을 가지게 하는 데 있다. 함축적으로 표현하면 김지하 이후에 담시를 적극적으로 쓴 시인이다.

그의 시집 두 권에서 보여진 일련의 예술성은 굳이 여기에서 인용하지 않겠다. 다만 꾸준히 작품을 쓰는 열정의 시인이면서 수필가이다. 그가 지금까지 쓴 시들을 보면 그가 작가로서의 세밀한 공정을 기울인 제대로 된 공장 운영을 하고 있다고 하겠다.

김장호 수필의 미의식의 천착

우선 김장호의 수필은 단문(短文)이다. 문장을 끊어 씀으로 이미지가 전광석화처럼 독자에게 다가온다. 과거의 이효석이나 손창섭의 산문들은 문장이 유난히 길었다. 하드보일문체가 아닌데도 읽다가 보면 앞의 이야기가 무엇인지 잃어버리는 경우가 적지 않았다. 그런데 우리나라의 수필가 가운데 근원 김용준이나 이양하, 피천득 수필가의 문장은 간결하고 이미지적인 느낌이 짙다. 이러한 시대적 흐름을 의식한 김장호 수필가의 짧은 문장은 스마트한 느낌을 주는 시대성을 구현하고 있다고 하겠다.

구불구불 내려오다 보니 최소한 오십 년은 되었을 것 같은 산삼이 다섯 잎을 찰랑거리고 있었다. 그러나 뭐하랴 그림의 떡이었다. 곰 취나물이 우산만 해도 딸 수가 없었다. 가로막고 서 있는 '지뢰' 푯말이 욕심내지 말라고 무언의 압박을 했다. 그야말로 풀으려니 하고 다녔지만, 눈에 띌 때마다 욕심이 발동했다.

- <9인의 특공대> 중에서

이처럼 문장이 기성 작가들보다 모던 스타일로 전격 승화시켜 수필로서의 정치성定置性을 띠고 있다고 하겠다.

둘째로 김장호의 문체는 우리나라 전통 수필의 맥을 이어온 고결성에 있다고 하겠다. 수필이 문학일진대, 즉 예술성(문학성)을 지니고 있어야 한다는 문예이론에 입각하여 보면 매우 심미적 성격을 나타내고 있다고 하겠다. 이러한 기교는 그가 차분한 작가적 자세, 건축학적인 기본적 테크닉에서 출발한다고 하겠다.

심미적인 분위기는 문학에 있어서 결정적 예술성의 극대화로 나타나는 것이다. 즉 내부묘사의 밀도감에서 오는 것이다. 이는 베이컨류의 이론이기도 하지만 우리나라의 '청천' 김진섭 수필이나 이양하 글에서 흔히 나타난다는 점에서 주목하게 된다.

물을 잡고 홍합을 씻어 넣고 불을 지폈다. 어라? 양념이 별로 없다. 파 조금, 청양고추 조금, 보글보글이다. 원래 홍합이 가지고 있는 맛이 있어 그런대로 먹을 만했다. 식구들이 일어나 한 사람씩 나왔다. 신통치 않은 홍합탕을 시원하다며 먹어줬다. 고맙게끔….

내가 조금 수고하면 옆 사람이 편한 거다. 물론 가정에서도 마찬가지고 회사도 마찬가지다. 처음에는 모두 어색했던 미소들이 이제는 얼굴 활짝 펴고 웃고 있다. 나보다 너를 생각 할 줄 아는 우리 직원들이 고마웠다. 배려해 주는 작은 마음들이 지나간 나를 돌아보게도 했다.

일정표를 보니 말만 워크샵이지 순전히 먹으러 다니는 거였다. 맛있다고 소문난 집만 골라 놓았다. 갈치 통구이 집에 가서 배꼽이 나오도록 먹었다. 살찌는 소리가 뿌드득거리며 귀에 들리는 듯했다. 이런~, 밥 먹은 지 얼마나 됐다고 또 먹으러 가잔다. 발음도 잘 안 되는 으리으리한 호텔에 가서 뷔페 먹어야 한단다. 뒤에 앉은 대표님이 많~~이 먹으라고 눈인사를 했다. 어쩌지? 허리띠가 자동으로 풀릴 것 같다. 우리 회사 분위기메이커인 실장님이 오시더니 샴페인 잔을 높이 들란다.

'찰칵'

인연이란 찰나로 결정된다. 사진기 소리만큼 빠른 시간에 맺고 풀고 헤집는다.　　　　　　　　　　　　　　-<당신은 명작> 중에서

이처럼 김장호는 우리가 추구하는 문학 예술성의 극대화를 세부 묘사의 극대화로, 그의 문학의 수필성을 고양시키고 있다고 하겠다.

셋째로 김장호 수필 세계는 종합공구센터 전시장 같다는 느낌이다. 정치, 경제, 사회, 문화 등 다양한 분석과 제시는 그가 무사통과한 독

학의 통합적 산물이다. 그러므로 소재와 제재, 주제가 일목요연하게 드러나게 된다. 의도된 작가의식이라 하겠다.

결론적으로 김장호는 우리 문단에서 21세기 신예로 나타난 통찰력과 직관력으로 이루어낸 본격 수필로서의 자세를 유지하는 즉, 찰스 램의 수필을 연상시키는 이미지이다. 이는 그의 독특한 스타일이면서 한국 수필가들이 추구해야 할 본보기로 제시하는 것 같아 든든하다.

작품 속에 나타나는 그 주인공들의 착한 세상을 바라보는 긍정적 삶의 자세나 이웃사랑의 근본이념이 녹아있는 21세기 최대의 문학 작가로서의 손색이 없다는 점이다.

김장호 작가는 앞으로 한국 문단을 위해 본격 수필의 형상화에 크게 기약할 자산인 동시에 문화재이다. 앞으로 그는 문학과 예술성 높은 건축미학이 동일시되는 큰 거목이 될 것으로 믿어 의심치 않는다.

2023년 가을, 초롱산 아래서

김 장 호 수 필 집

술잔에 빠진
달에게